回憶中的香港味道

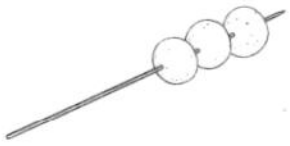

何故——著
陳明——插畫

回憶中的香港味道

目錄

序幕

火鍋店的「最後一夜」

「今晚是這間火鍋店的『最後一夜』……」

疫情肆虐，民不聊生。

限聚令下，食肆的生意大受影響，特別是曾經出現「打邊爐群組」的火鍋店。雖然香港人非常喜歡打邊爐，卻已轉變了飲食習慣；雖然政府對業界有支援，卻只是杯水車薪。

這間在旺角區曾經熱熱鬧鬧的火鍋店，即使與時並進，增設了外賣服務，卻只是「吊鹽水」，勉強收回成本而已。

最要命是在辛苦經營時，業主竟然提出加租，理由是去年「共渡時艱」，已經沒有加租，今年加租只是追回去年的通脹率。

百上加斤，短期的經濟環境也未見明朗，因為沒有人可以預計新一波的疫情何時殺到，不知道何時會再次收緊限聚令，老闆只好選擇光榮結業。

火鍋店結業的消息在網上廣傳後，店內回復了昔日的熱鬧盛況，舊客人絡繹不絕，新客人慕名而來，就連午市也應接不暇，老闆和店員們都忙得不亦樂乎。

然而，老闆明白這一切只是「虛火」，他沒有改變主意，火鍋店如期結業。

「這間火鍋店，是我的心血，也有很多回憶，屬於我們的美好回憶！這些年，我們一同見證旺角，甚至整個香港的變遷，我真的有點不捨得！」

「老闆，我們都不捨得你呀！」「花膠雞三姊妹」的阿花大叫。

「妳們只是不捨得我的足料香濃花膠雞湯吧！」老闆顧盼自豪。

「不要忘記花膠雞湯的好朋友：生猛海鮮！」「花膠雞三姊妹」的阿膠正在吃著象拔蚌刺身。

「還有手切肥牛啊！」「花膠雞三姊妹」的阿鳳剛剛煮了一片半生半熟的、脂肪分布如大理石花紋、肉味濃郁的安格斯手切肥牛。

「感謝大家多年來的支持！今晚雖然是『最後一夜』，但不會是我們的『最後一夜』！」

這的確不是這間火鍋店的最後一夜，而是在火鍋店結業後一天所舉行的「告別派對」，以「最後一夜」命名，熟客們濟濟一堂，包括——

「花膠雞三姊妹」：阿花、阿膠、阿鳳；「麻辣俠侶」：唐十三和雷天嬌；

Cosplay界「四大瑞獸」，瑞穗、龍騎呢、鳳梨蘇、金錢龜；定期在這間火鍋店煮酒論英雄的「舊四大天王」：「英國人」、「美國人」、「法國人」、「日本人」；「砵蘭街之花」小龍女和她的守護神「靈犀一指」陸小鳳；「火鍋狂迷・南宮囧」和他的妻子「火鍋女神・真鍋薰」；那位總是自稱「內向、憂鬱而文靜的作家」的跨媒體創作人……[1]

還有老闆的其他友好，包括——

多年來專注研究本土文化的大學教授；曾經在這間火鍋店訪問那位大學教授的年輕記者；正在努力研究NFT的大學生；熱愛香港美食的漫畫家；代表客戶出席這場「告別派對」，正在直播的「代吃服務員」；所支持的球隊只會輸波和失分的「球場明燈」；人生低處未算低的「谷底女神」；打算讓學生認識香港歷史和文化的中學班主任；關心小朋友身心靈成長的兒童戲劇教育導師……

「我相信，只要大家對打邊爐的愛不變，我們仍有機會再見面，雖然未必是在這個城市，亦未必是以這種方式。

註1：這些都是《打邊爐》和《鬼同你打邊爐》的舊角色。

「打邊爐，是香港人的生活態度！打邊爐的故事，都是香港人的故事！雖然這間火鍋店結業了，但打邊爐仍然存在！雖然有些朋友已改變了，打邊爐不再是他們的至愛，但打邊爐仍然是最能代表香港的美食！是在我們『集體回憶』中的香港美食！

「再次感謝大家多年來的支持！我敬大家一杯！」

「乾杯！」

在火鍋店的「最後一夜」後，當晚不同客人的故事，正式開始。

第一章

移民前的最後 100 餐

今天我，獨自一人，回到既熟悉又陌生的新蒲崗。

※

在火鍋店的「最後一夜」後，我開始想念「回憶中的香港味道」。

移民在即，時日無多，我決定珍惜在香港倒數的每一餐，走訪不同的食店，以味蕾記載香港的美食。

然而，有好多我喜歡的店，以及大獲好評的名店，就像那間曾經非常熱鬧的火鍋店，已經各自因為不同的緣故結業了。

我必須把握機會，在移民前的這段時間，趁這些店仍然存在，好好安排行程，穿梭不同區域，回味屬於我的 Good Old Days！

我將這一連串美食冒險之旅，命名為《移民前的最後 100 餐》。

※

美食冒險之旅，由新蒲崗正式開始！

我是在新蒲崗長大的，當年就是住在崇齡街的唐樓上，著名的「麗宮戲院」旁邊。

「麗宮戲院」的英文名是「Paris Theatre」，曾經是香港最大的戲院，更號稱為當時亞洲最大的戲院，由當年的影業界梁燕永女士斥巨資在九龍新蒲崗彩虹道興建，該院共有三千餘座位，銀幕闊七十餘尺，分前、中、後、超等、特等，以「第一流設備，平民化座位」作為宣傳，開幕時的正場票價由五毫至一元七角，五點半公餘場票價分別是四毫、七毫至一元。

父母偶然想當年，談及六十年代的一般報紙，每份一毫；巴士票價兩毫，分段一毫；元朗絲苗白米，每斤七毫；大牌檔雲吞麵，細蓉、中蓉和大蓉的價錢，分別是三毫、五毫和七毫。但我最有印象的是天星小輪的頭等和二等價錢，分別是兩毫和一毫，一九六六年頭等收費由兩毫增加至兩毫五仙，二等收費則維持一毫不變，因為這個「斗零」，結果引發了「天星小輪加價暴動」，官方稱之為「一九六六年九龍騷動」……

然而，更厲害的「暴動」，或「騷動」，在一年後，一九六七年，是位於新蒲崗大有街的香港人造花廠分廠發生勞資糾紛……

翻閱網上舊剪報，「麗宮戲院」於一九六六年八月二十五日開幕時，邀請了行政局及立法局議員簡悅強太平紳士主持開幕剪綵、粵劇紅伶任劍輝致詞、影視明星胡楓和蕭芳芳獻剪、筱菊紅小姐獻花。開幕首日播映的電影，是由陳寶珠、蕭芳芳、薛家燕領銜主演的「七彩巨片」《彩色青春》，女主角之一的陳寶珠登台致謝。

「麗宮戲院」在我的記憶中，是一間二輪戲院，待電影首輪上映後，就會以平價再次放映，因為票價便宜，受到不少學生和附近工廠的工人捧場。

我已忘記當年在「麗宮戲院」看過什麼電影，卻清楚記得兩部當年最新型的電梯。我當年居住的唐樓並沒有電梯，每天都要步行五層上落，跟「麗宮戲院」相隔的那條後巷，就是「香港」和「巴黎」的距離。

然而，我卻忘不了當年在「麗宮戲院」正門和後門的路邊攤檔，售賣各式各樣的街頭小食，包括：煎釀三寶、碗仔翅和生菜魚肉、咖哩魚蛋和魷魚、韭菜豬紅蘿蔔、滷水雞腳雞翼、煨番薯、煨魷魚、五香焓花生、糖蔥餅、砂糖夾餅、飛機欖、炒栗子、鹽焗蛋等等。補充一句，鹽焗蛋共有雞蛋和鵪鶉蛋兩款，我個人較喜歡小巧的鹽焗鵪鶉蛋。

另外，讓我留下深刻印象的，還有在長長的木頭車，上面蓋着玻璃趟門，裡面分開一格格，每格擺放着八仙果、正冬薑、嘉應子、陳皮梅、甘草檸檬等，各式各樣統稱「口立濕」的涼果。我每次看見這些賣涼果的木頭車，都會幻想木頭車可以變身成為機械人，而這些不同類型的涼果，就是對抗敵人的武器，可以從身體不同部位發射出來的飛彈……

記憶中，還有賣涼茶和生果的檔，除了像冰條的鮮菠蘿，還有熱騰騰的粟米和甘蔗。

那個年代，看電影不是吃爆谷和熱狗的，大家喜歡在戲院外吃一輪後買一碌蔗入場，一邊咬一邊看電影。

當年到戲院不是為了看電影，反而像是美食嘉年華。故此，對我而言，「麗宮戲院」的記憶，都是美食的回憶……

「麗宮戲院」在一九九二年三月結業，現址重建後變成了此刻在我眼前的「越秀廣場」，共有兩幢住宅大廈，第一座和第二座分別命名為「秀明苑」和「秀華苑」，地下至六樓是商場。

我翻開下載於手機內的舊相片，嘗試對比「麗宮戲院」和「越秀廣場」，不禁有種恍如隔世的感覺……

有趣的是，「越秀廣場」的商場現已開了一間新戲院。「嘉禾啟德」在二零一八年平安夜正式開業，由兩個迷你影院組成，總共提供二百個座位，宣傳是「主打街坊生意，定價親民」。

如果有時間，我也會考慮在這裡看電影，假裝回到當年的「麗宮戲院」，雖然已經沒有了滿街的美食……

※

第一餐，康強街，英記巷仔雲吞麵。

英記的招牌菜，是上世紀六十年代豬油撈麵和招牌巷仔雲吞麵，獲選為米芝蓮食店。

英記以「金魚尾」雲吞馳名，外形精緻，一口一粒。湯底每日用大地魚、蝦乾、羅漢果和甘草等熬煮三小時左右，味道甘甜，大地魚味非常突出。

在豬手撈麵和雲吞麵之間，我選擇了後者。我本來想點粉麵、油菜和飲品的特價套餐，但油菜不包韭菜花，飲品不包特飲，我決定自製夢幻組合。

「雲吞麵，韭菜花，配腩汁，加多一杯凍檸七。」

「你點的都是最貴的啊！」

老闆娘 Sindy 姐張球仙親切地為我落單時，一臉燦爛的笑容。

一般的粉麵店，油菜多數是芥蘭和菜心，但英記卻有較罕見的韭菜花，怎可以錯過呢？之所以不配蠔油或腐乳，改配腩汁，因為英記的牛腩也是一絕！

然而，英記的最大賣點，其實是自製的醃蘿蔔，可以中和麵條的鹼水味，但我最愛沾腩汁而食！

現時仍有醃蘿蔔供應的店已不多，我曾笑說可以和雲吞一起被列入屬於香港的非物質文化遺產。故此，英記是我今天的首選。

店員先給我罐裝七喜，以及在壓底的檸檬片上放滿冰塊的膠杯。我扭開汽水罐的蓋掩，將汽水慢慢倒入杯內，然後用吸管輕輕去戳冰塊下的檸檬片。

中學時代，我曾經為學生報造了一個專題，嚴肅又幽默地討論：為什麼香港人這麼喜歡吃檸檬？為什麼茶餐廳的主要飲品都是放了檸檬片？

除了最普遍的檸茶和檸水，還有檸檬配七喜汽水的「檸七」、檸檬配可樂汽水的「檸樂」、檸檬配利賓納的「檸賓」、甚至檸檬配咖啡的「檸啡」，而除了新鮮檸檬，還有醃製過的鹹檸檬，故此，就有鹹檸檬配七喜汽水的「鹹檸七」、以及新鮮檸檬和鹹檸檬配可樂汽水的「龍鳳檸樂」。

我當時認真列舉了檸檬的營養價值和功效，除了豐富的維生素C，檸檬也是高鉀水果，有助預防心管疾病與血壓控制。據說起床後空腹喝檸檬汁，能夠養腎和清潔腎臟……

最後，我開了個玩笑：「故此，檸檬是香港人最愛的水果。故此，香港人最喜歡請人『食檸檬』。」

這個專題刊登後，大獲好評。我在中學畢業前，已經由小記者晉升為學生報的總編輯……

我喝了一口檸檬味淡淡然的七喜後，店員已奉上配腩汁的韭菜花。

韭菜花，顧名思義，就是韭菜的花。很多人以為韭菜花不可以吃，但他們都錯了，韭菜花非常有營養，更可以健脾生津、活血散瘀、補肝腎和抗癌。

為韮菜花拍照後，從玻璃瓶拿出醃蘿蔔，放在韮菜花旁邊，招牌巷仔雲吞麵已出現在眼前。

「金魚尾」的雲吞真的很漂亮，我幻想雲吞化身為閃亮的金魚，不斷撥動著尾巴，在店內的半空中游泳……

先喝幾口精心熬煮的靚湯，然後開始食雲吞。雲吞每隻都用上一隻半鮮蝦和豬肉，皮薄、肉瘦、蝦肉彈牙、富色澤光芒，果然名不虛傳，仍然保持水準。

很多人以為雲吞越大越好，其實剛好相反！大小適中，一口一隻才是最好！最理想的狀態就是「散尾雲吞」，雲吞餡不必塞得太滿，剩下的雲吞皮部分散開，如像金魚尾巴一樣，好看，又好食。

英記的雲吞與湯底，鮮味都是源自大地魚。老闆 Sindy 姐會取出大地魚的魚腩部位，拆肉後，用鎚仔搡碎，磨成粉末，篩粉後，再和手切豬肉與鮮蝦一起包雲吞，剩下的大地魚就用來熬湯。

很多人以為「細蓉」就是代表雲吞麵，但其實「細蓉」只是雲吞麵的其中一個份量。

雲吞麵一般按份量分為「細蓉」、「中蓉」和「大蓉」，「細蓉」是一個一両重的麵餅配四顆雲吞，「中蓉」是一個半一両重的麵餅配六顆雲吞，「大蓉」是兩個一両重的麵餅配八顆雲吞，但是實際份量會視乎不同店鋪而言。

至於會將雲吞麵之為「蓉」，據說是由「芙蓉麵」所衍生。「芙蓉」形容外貌美麗的女子，用現代的說法，可以比喻為「靚麵」。

傳統的雲吞麵食法，以「細蓉」為例子，一口湯，一口雲吞，一口麵，剛好三「箸」麵，四粒雲吞吃完。因為份量不多，吃不飽，以前雲吞麵不是正餐，只是有錢人作為宵夜或點心，而且，雲吞放底，麵在上，避免幼麵被湯浸腍。吃雲吞麵曾經是一種文化，但現代很多人都不再講究了。

傳統的港式鮮蝦雲吞麵，都會以韭黃來增添香味，但是某些所謂的名店竟然沒有韭黃，改為放蔥，我會將之列入黑名單。

韭黃是在霜降氣節後把韭菜割掉，留下根頭作為種苗，在完全避開日照的情況下種植，故此不能產生葉綠素，全棵植物呈現淡黃色，因為生產工序較麻煩，在清朝咸豐皇帝時代乃是敬上的貢品，被稱為「貢韭」。

英記保留了傳統港式雲吞麵的特色，湯裡有大量韭黃，足以畫龍點睛，讓雲吞和湯底得以昇華，變得色香味俱全。

埋單時，熱情好客的老闆 Sindy 姐，親切地和我閒聊。

「你是第一次來幫襯？」

「你們裝修後第一次來幫襯。我以前住在附近，但很久沒有回來了。」

「原來是老街坊，這一餐滿意嗎？」

「滿意！仍然是回憶中的味道！」

「水餃都好好味啊！你試過嗎？」

我真的有股衝動，想再來一碗淨水餃，但我今日還有幾餐，必須保留戰鬥力！

「其實，我剛才曾經猶疑，究竟食豬手撈麵，還是食雲吞麵？但是來到這裡怎可以不吃雲吞？只好放棄了豬手。」

「見你是老街坊，給你一隻豬手試味吧！」

Sindy 姐坐言起行，真的送了隻豬手給我「試味」！

果然是街坊生意，即使已是米芝蓮名店，仍然充滿人情味！

「以後多點回來吧！」

「有機會的話，我一定會再回來！」

如果，有機會的話……

※

第二餐，康強街，629。

這是原先計劃以外的一餐！

吃完雲吞麵，我穿過被康強街包圍的休憩花園，慢慢行往「得龍大飯店」的舊址，懷緬一番。

英記的雲吞麵，並非是我的童年回憶，因為他們是在金融風暴後，才搬到現時康強街的舖位。得龍就真的陪伴著我成長。

得龍比麗宮戲院更歷史悠久，一九六三年已扎根新蒲崗，由現任老闆老闆生哥曾國生的爸爸曾義創立，以古法懷舊菜式見稱，但當年我最愛在這裡吃陳皮鴨腿湯飯……

得龍在二零一八年十一月結業，最後一次來幫襯，是跟大學宿舍的樓友聚舊。翻查記錄，我們當晚吃了鴨腿包，九味大腸、迷你冬瓜盅、蜜餞金錢雞、古法太爺雞、砵酒焗桶蠔、原隻鍋貼鳳尾蝦、金銀蛋浸蕃薯苗……令人回味！

得龍結業後，生哥試過做到會和盆菜，也曾在舊舖側廳改為私房菜館，但我也沒機會再幫襯。此刻重臨舊地，得龍在康強街的舖位已出租，我竟然看見生哥再度轉型。

街上有個小路引，指示橫巷中有一家「得龍生哥美食」。轉入橫巷，已看見排了長長的人龍，得龍不愧為新蒲崗的名店，至今仍然大受歡迎！

然而，我卻發現兩個「得龍生哥美食」以外的招牌，一直一橫，垂直的是「得龍盆菜」，橫排的則是「得龍巷仔雙餸飯」。

原來，得龍已變成售賣兩餸飯的小店。

原來，街坊大排長龍是為了購買兩餸飯。

我不禁有點感慨……

但我更感慨的是，另一充滿童年回憶的睽記已經永久停業，原址已變成了面目全非的粉麵小炒店。

睽記，曾經是我最愛的潮州打冷店！即使我已經搬離新蒲崗，也會為他回來，我就是因為睽記而發現英記的。

睽記的招牌滷水拼盤，包括豉油皇鵝腸、滷水豬大腸、爽口鮮生腸、鮮甜墨魚片、蘇州頂級香腸、豬耳、豬頭肉和芽菜，配冰凍的啤酒，簡直是人生一大享受！

然而，晱記最吸引我的食物，其實是「招牌四寶」！炸粿肉、炸芋頭卷、炸墨魚卷、炸糯米大腸，其他地方未必吃得到，為了它們，專程回到新蒲崗也是值得！當然，秘製韭菜豬紅也是一絕，可以配三碗潮州白粥。另一款配潮州白粥的精選是「紅肉米」，即是鹹香韭菜蜆仔肉。

有次我看見鄰桌的客人點了一碟不知名的肉粒，細看之下，發現竟然是外賣相當吸引的蜆仔肉，立即追加一碟，跟潮州白粥真的是絕配！

補充一句，潮州白粥是不正確的名稱，潮洲話稱「粥」為「糜」，「糜爛」的「糜」，作為動詞，有粉碎和搗爛的意思。

昔日晚飯三大選擇，分別是得龍、晱記、陳儀興。現在已去其二，今晚我已選擇了再次幫襯陳儀興飯店。

陳儀興都是馳名打冷，凍蟹、凍馬友和凍烏頭都好有水準，但這裡最吸引我的是普寧炸豆腐，比滷水鵝片更吸引！這裡的普寧豆腐外脆，重點是香濃的鹽水韭菜醬。我在這裡的另一至愛，就是啫啫魚標。

啫啫雞和啫啫通菜，大家應該經常吃到，啫啫魚標很花心思，事前準備功夫也不輕鬆，而且好考師傅功夫，必須夠鑊氣，魚標才爽口。作為配菜的豆卜，吸收了醬汁精華，伴飯一流！

感慨中，經過康景商場時，我發現了另一條人龍。竟然是為了排隊購買雞蛋仔和格仔餅而大排長龍！

我抬頭望向店的招牌，看見寫著「629 雞蛋仔」，立即到「雞蛋仔關注組」搜尋一下，驚訝此店的評價甚高。

我行到店前，近商場出口的位置，先看見店外排了一個小紙牌，牌上寫著：

「無論你有幾財雄勢大，無論妳對社會有幾大影響力，您哋要食雞蛋仔，就要排隊！妳買咗雞蛋仔，就要即刻食。無論你個咀有幾細，你買咗格仔餅，就要擘大口食。（攞住格仔餅就要“躺平”）」

果然有趣！再望向店的玻璃窗上，也張貼了一系列同樣有趣的告示：

「我冇錢請助手，我冇錢買電腦用，人多時候，請守守秩序，排排隊，謝謝各位支持！」

「對不起，我年紀已經 5G，但速度及記憶力只有 2G，體力已跌至 1G，所以我每日打“限量蛋漿”，如當天賣完，對不起請下次再來，謝謝謝！」

「多謝您地多年多次支持同忍受難食到嘔雞蛋仔，我哋決定由 2020 開始，每年共 4 次義賣，直至我生意大敗，將所有收入捐贈《兒童癌病基金》，由於是義賣，當日不設找贖，或隨心捐贈，謝謝各位支持。」

另外，還有此店捐贈《兒童癌病基金》的收據，有意思！認真有意思！故此，我也加入了長長的人龍。

等待時，上網繼續搜尋，知道此店的老闆名叫「新哥」，全名「何應新」，對蛋漿的製作好有要求，曾花了一年多的時間來鑽研，滿意後才開店，首先在港島區，其後搬到新蒲崗。

629 的雞蛋仔和格仔餅即叫即作，新哥獨自同時負責兩底格仔餅、以及兩底雞蛋仔，加上他製作用心，大家需要耐心等候，但見他的支持者都沒有怨言。

十多分鐘後，終於輪到我了。

「原味雞蛋仔，一底，唔該！」

收錢後，再等待一會兒，新鮮出爐熱焫焫的雞蛋仔，送到我的手上。

果然是蛋香濃郁，外脆內軟，也不會太甜。當然，識食，一定趁熱食！

下次有機會，會回來試試格仔餅。

如果，有機會的話……

※

第三餐，衍慶街，合利潮州粉麵。

吃完雞蛋仔，我避開彝倫街的垃圾站，繞道崇齡大廈的後巷，途經崇齡街，穿過衍慶街遊樂場，前往由幾歲開始就經常光顧，超過四十年歷史的老店。

合利是我今日其中一個主角。

因為合利有我最愛的銀針粉！

我有理由懷疑，我之所以喜愛吃銀針粉，是因為合利！

然而，合利近年最有名的，卻是《東方華爾街》的「吳鎮宇雲吞麵」，這套電視劇在這裡取景拍攝，吳鎮宇和張孝全在正門對出的露天空地食雲吞麵，故此，令雲吞麵突然喧賓奪主，但我仍然最愛「魚三味針」——魚蛋、魚片、魚皮餃、銀針粉，另加墨魚鬚和紫菜，再配一碟炸魚皮，完美！

合利的湯底較清淡，你可以按口味加魚露。合利的自家製辣椒油，多年來都是放在小碟上，我習慣會拿兩碟。先將食物沾辣椒油而食，最後才將辣椒油混入湯裡，和銀針粉一起食，分階段的味覺享受！

平時我愛坐在近公園的路邊位置，但今日生意非常好，我在門口和一對抱着嬰孩的年輕夫婦搭枱。四人枱中間用廚房錫紙築起「高牆」，分隔成為兩個「這麼近，那麼遠」的世界，突然有種好村上春樹的感覺……

為什麼我會由幾歲開始就經常光顧？因為合利附近就是新蒲崗另一間戲院——英華戲院。

當年的英華戲院，主要放映「觀眾有信心」的「新藝城出品」港產片。英華戲院於一九六七年開幕，共有一千四百五十四個座位，院主叫盧林，當年他同時營運柴灣的榮華、大埔的寶華、大角咀的英京等戲院。大約在八十年代尾九十年代初，英華改名為麗斯戲院，直到二零零五年結業，像不少舊戲院的命運，變成了安老院。吃完銀針粉，我買了一包炸魚皮，以及一瓶辣椒油作為紀念。在店外拍攝留念後，我由衍慶街轉入錦榮街。

那間近期大熱的茶餐廳，馳名熱香餅、乾炒通粉、沙嗲牛肉麵的肥仔銘，竟然拉上了大閘！難道已經結業了？我立即上網搜尋，驚訝此店的營業時間是由上午七時至下午三時半，星期日休息。

雖然不是回憶中的味道，但下次有機會再來新蒲崗，我會早點來這裡打卡。

如果，有機會的話……

※

第四餐，錦榮街，成記牛什粉麵。

成記牛什粉麵，就在肥仔銘的對面。

我選擇坐在後巷，因為別有一番風味。

童年時，我很少踏足錦榮街，因為那條街較為複雜，有麻雀館和「架步」，不少古惑仔和道友在此流連，我是到初中時才開始偷偷來這裡幫襯成記。

成記由街邊檔到黃大仙徙置區，最後落戶新蒲崗，成記超過五十年的老湯，在香港絕對是數一數二！

然而，成記的鎮店之寶，絕對是手唧牛丸，很多傳媒都訪問過成記，就連蔡瀾都曾撰文介紹，有雜誌更曾經稱他們為全港最好味的牛丸。

成記牛丸，新鮮無渣，外貌雖然並不光滑圓潤，但勝在夠滑又夠爽，每一粒都獨一無二！借用我一位食家朋友的說法：成記的牛丸有點像鯪魚球，但比鯪魚球結實。

成記牛丸的秘密，重點是牛肉撈牛筋！廖老闆選用的不是牛孖筋，而是牛肉裡薄薄的那層筋，因為牛孖筋太肥，少許脂肪的牛筋就剛剛好，再加適量的肥豬肉，連同菜碎，夠彈牙，又有嚼勁。

我平時幫襯成記，會先來一碗牛雜河，再來一碗淨牛丸，但因為今晚還要大戰陳儀興，所以只是簡簡單單的點了一碗「名震江湖」的「超正鬆軟牛丸」。

因為是淨牛丸，湯底變得很重要。成記的湯底夠清，有股淡淡然的牛肉香，最重要是不會太鹹，湯裡的蔥花和炒蒜粒，就像英記湯裡有大量韭黃，足以畫龍點睛。

下次有機會，我要一口氣吃牛雜麵和淨牛丸。

如果，有機會的話……

※

第五餐，仁愛街，窩子。

這是讓我明白「沒有計劃，就是最好的計劃」的一餐！

吃完淨牛丸，我行出彩虹道，用手機拍攝了沿路的風景。

沿著巴士的方向，我回到越秀廣場，考慮在戲院看電影。即使未能看完整套電影，也可以當作是一次跟麗宮戲院正式道別的儀式。然而，人算不如天算……

當我前往戲院的售票處時，我的計劃被完全打亂了！突然，身後響起了一陣熟悉的悅耳女聲。心神蕩漾，思潮起伏，我立即被她叫停。我轉身一看，看見身穿輕便套裝的她。竟然是她？我望著她一雙充滿了甜蜜回憶的眼睛。果然是她！

她是我的前女友。

是她提出分手的。

分手理由是我們的「生活品味」有距離。比「香港」和「巴黎」之間更遙遠的距離。

我喜歡吃中菜，她卻喜歡吃西餐；當然，我和名校出身、身嬌肉貴的她一起去吃大排檔，絕對是死罪！我到現在仍未能原諒自己……

「哈囉。」

「真的是你！」

「妳…別來無恙？」

「我很好呀！你呢？你怎會在這裡的？」

「我…我只是偶然路過……」

「你有時間嗎？可以陪我喝杯咖啡嗎？」

我好想請她「食檸檬」，卻不懂如何拒絕。結果，我隨她來到仁愛街的一間文青咖啡店「窩子」。

店內的裝潢懷舊，木製的家具和桌椅，綠色的牆身和地磚，連餐牌也是同款的綠色，很有心思，也很舒服。

她應該是這裡的熟客，她為我點了一杯手沖咖啡，她卻點了一杯法國玫瑰花茶。

「你今日的戰鬥力還可以？」

我不好意思告訴她，我已吃了一碗雲吞麵、一碟韭菜花配牛腩汁、一底原味雞蛋仔、一碗紫菜墨魚鬚「魚三味」（魚蛋、魚片、魚皮餃）銀針粉、一碟炸魚皮、以及一碗淨牛丸，而我正保留戰鬥力，打算今晚大戰陳儀興。

我輕輕點頭，示意「還可以」。

「來到這裡，必食窩夫三文治和忌廉梳乎厘！」

結果，她為我點了一客慢煮口水雞扒窩夫三文治，她自己就吃黑芝麻忌廉梳乎厘。

「你近況如何？今日放假嗎？」

「我已辭了工……我準備移民。」

「英國？澳洲？還是加拿大？」

「英國。」

「倫敦？不！應該是曼徹斯特，你最愛的足球隊在那裡！」

「我是去曼徹斯特，但不是為了球隊，那裡已有一間報館聘請了我，人工和待遇都不錯。」

「我真的要恭喜你了！記者一直是你的理想。」

「我是因為想當記者，所以才報讀新聞傳播學院的……」

「我沒有你那麼浪漫，我純粹是為了建立屬於我的人脈。」

「妳最近又賺了多少？今日在附近和大客戶見面？」

「剛剛簽了一張大單！你今晚有時間嗎？我請客！」

「不用客氣了！我…我今晚已有安排。」

「大家都是成年人，你不用尷尬啊！」

「妳的男朋友…不會介意嗎？」

「你認識的那一個，我已經和他分手了！」

「妳跟他的『生活品味』，也出現了距離？」

「沒有距離，只是他突然轉了口味。」

「他有外遇？」

「是呀！而且是個男人。」

「什麼？！」

成功作弄我後，她嫣然一笑。

「他被另一間公司挖角了，卻完全沒有想過帶我離開！」

原來如此。雖然她說得很輕鬆，但我知道事情一定不會這麼簡單。

她是一個非常積極進取的基金經理，她跟我分手後的男朋友，是她當時的上司。

讓她在大學畢業後不久就賺夠了首期極速上車買樓的壞男人。

「那麼，妳現在……」

「我現在跟你一樣，都是獨身。」

「哼！為什麼妳會認為我是獨身？」

「如果你有女朋友，你剛才又怎會一副失魂落魄的表情？」

「我…正在煩惱今晚吃什麼……」

「『得龍』和『睇記』都已經結業了，你的晚飯三大選擇，就只剩下『陳儀興』，對嗎？」

我不懂如何回答。

我是驚喜得不懂如何回答。

她仍記得我當年跟她提及的「三大選擇」！

「如果是陳儀興，除了你最愛的普寧豆腐和啫啫魚鰾，你應該會按心情加一碟滷水鵝片，或者生腸拼豬頭肉，而今晚是你移民前的『最後晚餐』，你應該還會加多一隻凍蟹！你在陳儀興不喜歡吃潮州白粥，反而喜歡用湯泡飯，你應該會加一個魚湯浸活蜆，對嗎？」

「我…我女朋友…喜歡吃濃鷄湯花膠扒……」

「拜託！如果你真的有女朋友，你現在應該和她恩恩愛愛、手牽著手、一起品嚐你充滿童年回憶的美食了！」

「她…她今日要上班，我們約好了一起晚飯！」

「拜託！你以為我看不出你哪一句是真話？哪一句是說謊嗎？」

「我…對不起……」

「有興趣轉轉口味，今晚陪我吃西餐嗎？」

慢煮口水雞扒窩夫三文治的配搭雖然很奇怪，但雞扒的味道還算不錯，窩夫做得結實卻鬆脆。她老實不客氣地，分享了半份窩夫，她吃得津津有味。

黑芝麻忌廉梳乎厘雖然不夠鮮艷奪目，但芝麻味很香濃，她切開了超空氣感的梳乎厘，吃了一小口，然後就是一臉陶醉。

我很喜歡觀賞她吃飯時的模樣。

她的可愛食相，是我畢生難忘。

突然，她餵我食一小片梳乎厘……

「就當是慶祝我們重聚，也順便為你餞行，你沒有拒絕我的理由吧！」

我真的沒有拒絕她的理由。

下次有機會，我再大戰陳儀興。

如果，有機會的話……

※

第六餐，景福街，TC Bistro。

她早已訂了位，也預定了這裡最有名的招牌英國威靈頓牛柳。

在主角登場前，她點了一瓶紅酒、一客巴馬火腿鮮果沙律、以及牛油果雞肉墨西哥餡餅。

巴馬火腿經醃漬風乾，火腿香味更突出，配以鮮果沙律，減低了巴馬火腿的油膩，配紅酒比想像中更美味。

牛油果雞肉墨西哥餡餅，有點特別的前菜，但對我有點困難，因為我不喜歡吃牛油果，總覺得牛油果的味道怪怪的。

「小朋友，不可以偏食啊！牛油果是很有營養又美味的啊！」

她仍然記得我不喜歡吃牛油果，等等，她刻意點了這味奇怪的菜式，是為了作弄我嗎？

我喜歡看她的食相，她卻喜歡作弄我，就像當年我們戀愛時一樣……

「牛油果蓉和雞肉餡料，完美地混合在一起，夾在熱辣辣新鮮出爐的墨西哥餡餅裡面，超好味啊！」

她不等我，已拿起一片餡餅，配不同顏色的醬汁。

「重點是這三款醬汁！打成果蓉的牛油果醬、有鹹香濃郁芝士塊的藍芝士醬、酸酸甜甜又開胃的芒果沙沙醬，可以令餡餅由『好味』升級至『好好味』！你快來試試吧！」

她果然沒有說錯，沾了醬汁的餡餅，味道真的得以昇華！但我迴避了她喜愛的牛油果醬……

「你今晚吃不到魚湯泡飯，我特別為你點了龍蝦忌廉汁海鮮意大利飯，感謝我吧！」

這個龍蝦忌廉汁海鮮意大利飯，海鮮的種類和份量都算多，除了龍蝦，還有蜆、魷魚和龍脷柳。意大利飯不會太生硬，和醬汁完美地混合在一起，有驚喜！

「妳沒打算移民？」

「我打算給自己多一年時間，努力賺夠錢才離開。」

想不到，她也打算移民。

「但我仍未決定去哪裡。英國，會是我其中一個選擇。」

在我心裡暗喜時，主角終於出場了！

威靈頓牛柳，是在其他地方難以品嚐的英式名菜，相傳以威靈頓公爵命名，最早出現在滑鐵盧戰役的慶功宴上。

牛柳塗上鵝肝醬，再包上一層火腿，用酥皮包裹並刷勻蛋黃液，放入烤箱裡焗熱，故此製作需時，卻是不一樣的視覺和味覺享受！

外部的酥皮焗得香脆鬆化，五分熟的牛柳多汁鮮嫩，呈現出誘人的粉紅色。她選擇了蒜蓉汁，配菜還有酸忌廉焗薯仔、烤西蘭花、烤粟米等。

雖然我不愛吃西餐，但她今晚所點的菜式都很合我的胃口，除了牛油果醬……

「《移民前的最後 100 餐》？你今天應該已吃了英記、成記和合利，連同和我這兩餐，已經有五餐了吧！」

「我剛才還吃了雞蛋仔。」

「那間老闆很有性格，但永遠排長龍的雞蛋仔嗎？我仍未有機會一試，味道可以嗎？」

「可以啊！如果有機會，我會再來食格仔餅。」

「你今日應該未能盡興吧！」

我苦笑不語。

「你剛才說的『濃鷄湯花膠扒』，我也有點興趣。」

「妳也喜歡吃花膠？」

「哪有女人不喜歡吃花膠？」

「可惜，我已經吃不下了……」

「你忘記今日所吃的，我們一起重新計劃《移民前的最後 100 餐》吧！」

「我們一起……？」

「你只愛吃中餐，又有偏食的壞習慣，由你計畫的《移民前的最後 100 餐》，肯定不夠完美！我不想我們在離開前留下遺憾！」

我不懂得如何反應。我實在太興奮，興奮得不懂得如何反應。

想不到，我竟然還有再去英記、成記和合利的機會。

想不到，我竟然在徹底放棄後再次遇上機會。

想不到，我竟然和她還有機會……

※

移民在即，時日無多，我們決定珍惜在香港倒數的每一餐，走訪不同的食店，以味蕾記載香港的美食。

然而，有好多我們喜歡的店，以及大獲好評的名店，就像那間曾經非常熱鬧的火鍋店，已經各自因為不同的緣故結業了。

我們必須把握機會，在移民前的這段時間，趁這些店仍然存在，一起好好安排行程，穿梭不同區域，回味屬於我們的 Good Old Days！

今天我，再續前緣，一起在新蒲崗重新出發。

【移民前的最後 100 餐】/ 完

第二章

美食是我們的最好朋友

他是「球場明燈」。

她是「谷底女神」。

他支持的球隊，不斷輸波及失分。

她的唏噓人生，絕對是低處未算低。

面對逆境，大家都有自我治癒的好方法。

有人會選擇去旅行，但他們都被困在這個城市。

有人會選擇透過藝術，但他們並沒有這種閒情逸緻。

有人會選擇瘋狂購物，但他們沒有餘錢，家中也沒有空間。

他們選擇的方法，既簡單和直接，也是他們應付得來的，就是「化悲憤為食慾」！

只因為，美食是他們最好的朋友。

※

昨晚，他最愛的球隊又輸波了！

他明白，勝負是兵家常事，世上沒有長勝的球隊。

然而，最令他無法接受的是，辛辛苦苦的追平後，竟然在加時被絕殺！

在過去的美好歲月，他最愛的球隊即使落後，也會在最後一刻奇蹟地逆轉勝，但自從被外國財團入主和功勳領隊榮休後，已經判若兩隊，天淵之別。

昨日，她最愛的男人和她分手了！

她知道，男人都需要空間，不可以將他們逼得太緊。

然而，最令她無法接受的是，男朋友的偷情對象，竟然是她的「好姊妹」！男朋友的分手理由，竟然是怪責她「已經不再愛他」。

在過往的快樂時光，她努力做好女朋友的本份：百分百信任對方，不檢查也不追問；即使有不滿也不亂發脾氣；做每件事之前，都會先想想對方的感受；不只愛他一個，也懂得愛屋及烏；讓男朋友無後顧之憂，讓他感受到「累的時候有妳在」……

結果，她自以為的善意距離，她自以為的成熟表現，竟然成為了男朋友移情別戀的藉口！

※

有什麼比愛隊輸波和失戀更痛苦？

就是在愛隊輸波和失戀後的一天還要準時上班！

他，痛心疾首，無法入睡，整個上午不在狀態。

她，以淚洗臉，難以釋懷，整個上午神不守舍。

他，今天雖然有一雙深深的黑眼圈，兩眼卻充滿了怒火。

她，今天雙眼紅腫沒有化妝、沒有配戴隱形眼鏡，卻有股淡淡然的憂鬱。

整個上午，時間過得很緩慢，辦公室內的同事和上司，在他們眼中都像是慢動作。

終於來到午飯時段，屬於私人空間的午飯時段，可以「化悲憤為食慾」的午飯時段。

他們分別來到這間著名的茶餐廳。

因為客人太多，他們被安排搭枱。

雖然是同坐一枱，但在限聚令的要求下，中間有一塊透明的隔板。

因為這一塊隔板，他們雖然同時入座，卻沒有留意對方，只關注是日午餐有什麼選擇？

今日的午餐共有六款：A餐是豆腐火腩飯、B餐是粟米肉粒飯、C餐是梅菜扣肉飯、D餐是星洲炒米、E餐是肉絲炒麵、F餐是葱油豬頸肉撈丁，餐湯是青紅蘿蔔煲菜乾，跟餐送熱飲，冷飲加兩元。

他今早沒有心情，她今早也沒有時間，他們都沒有吃早餐，他們都決定吃一頓超級豐富的午餐。

他，一份午餐不會足夠！

她，最少要吃兩份午餐！

幸好，美食是他們最好的朋友。

可以讓他們忘掉愛隊輸波和被男朋友拋棄的傷痛。

他點了B餐，粟米肉粒飯，餐飲是熱菜蜜；她點了A餐，豆腐火腩飯，餐飲是凍咖啡。

店員為他們奉上餐湯，有趣的是，他那碗只有青蘿蔔，她那碗卻只有紅蘿蔔。他一直不喜歡吃青蘿蔔，她卻一直覺得紅蘿蔔有怪味。

店員為他們奉上餐飲，竟然將凍咖啡給了他，熱菜蜜卻放在她的面前。

「你搞錯了！」

「這不是我的！」

「凍咖啡，熱菜蜜，我沒有搞錯啊！」

「我要的是凍咖啡。」

「我點的是熱菜蜜。」

「妳的凍咖啡，你的熱菜蜜。」

店員將兩杯餐飲對調後，他們終於留意到對方。

他們分別喝了半碗餐湯後，同一個店員為他們奉上主菜，卻再一次搞錯。

可能豆腐火腩飯又名「男人的浪漫」，店員以為是他點的，可能粟米肉粒飯又名「Show me you love」，店員以為是女士至愛。

這次他們沒有向店員投訴，而是將兩碟飯交換了，用自己的方法將問題解決。

分別吃完粟米肉粒飯和豆腐火腩飯，他們都仍未飽足，同時再點多一份午餐。他點了E餐，肉絲炒麵，餐飲是熱杏霜；她點了C餐，梅菜扣肉飯，餐飲是凍奶茶。

「是外賣的嗎？」

「堂食！」

他們異口同聲地回答，店員有點難以置信，彷彿在懷疑他們是否吃得下。

「不好意思！我的餐湯只要紅蘿蔔，走青蘿蔔。」

「我相反，我那碗只要青蘿蔔，千萬不要紅蘿蔔！」

店員一臉莫名其妙地為他們落單後，拿了他們走吃完的碗碟。

隔著透明隔板，他驚訝她的食量，她卻好奇他是否也「化悲憤為食慾」？

其後，這名店員親自為奉上餐湯，這次沒有搞錯，他那碗「走青蘿蔔」，她那碗「不要紅蘿蔔」。

然而，由另一名店員為他們奉上的餐飲，也是搞錯了！

兩碗餐杯，分別放在隔板的兩邊，熱杏霜放在她那邊，凍奶茶就放在他那邊。

隔著透明隔板，他們對望苦笑後，決定用自己的方法解決。

對調餐飲後，剛才送錯餐飲的店員為他們奉上主菜，正準備將肉絲炒麵放在她面前時，她立即作出提點。

「肉絲炒麵是他的，梅菜扣肉飯才是我的。」

隔著透明隔板，他對她豎起姆指讚好，她對他回以「不用客氣」的微笑。

分別吃完肉絲炒麵和梅菜扣肉飯，他們都未感到滿足，再點多一份午餐。

他點了D餐，星洲炒米，餐飲是熱檸樂；她點F餐，蔥油豬頸肉撈丁，餐飲是凍鴛鴦。

「這次也是堂食？」

「堂食！」他爽快地回答。

「你們叫齊六款午餐了！」

她笑而不語，因為她是刻意的。

「你的餐湯『走青蘿蔔』，妳那碗『不要紅蘿蔔』。」

「謝謝。」她微笑地回應。

店員非常佩服他們，認真地落單後，就拿走了他們吃完的碗碟。

然後，這次送到他們面前的餐湯、餐飲和主菜都沒有再搞錯了。

他們開開心心的，滿足地離開茶餐廳。
吃飽了，繼續好好生活，繼續努力工作！
回公司前，他去買雜誌，她去買私人用品。
所以，他們並不知道，他們竟然是在同一座大樓裡工作……

※

他果然是「球場明燈」。
她果然是「谷底女神」。
昨晚，他最愛的球隊又失分了！
昨日，她最愛的歌手背叛了她！
他明白，愛隊的近況低迷，即使只有一分也不錯了。
然而，最令他無法接受的是，竟然在加時被開季已奮力護級的榜尾弱隊逼和！
而且是因為那個糟糕隊長的「烏龍波」被逼和！
她知道，藝人都需要賺錢，不應該對他們有過分幻想。

然而，最令她無法接受的是，這位歌手不只背棄了理想，失去了信仰，更為了錢而出賣靈魂，更可惡是他不覺得自己變了，反而怪責是歌迷變了才會對他作出人生攻擊。他是徹徹底底的墮落了！

有什麼比愛隊失分和偶像墮落更痛苦？

就是在愛隊失分和偶像墮落後的一天還要加班！

他，痛心疾首，也感到恥辱，過了一天仍然怒不可遏。

她，彷彿被最信任的人出賣，開始埋怨自己有眼無珠。

終於完成了這天內必須完成的工作，他們分別來到這間著名的打冷店。

她認得他，他也對她有印象。雖然只是萍水相逢，卻像久別重逢的相顧一笑。

「兩位？」

他雖然有點尷尬，她卻沒有異議。

「兩位。」

「請稍等，好快有枱！」

等待入座時，他們沒有任何交流。

因為，美食是他們最好的朋友。

可以讓他們忘掉愛隊失分的恥辱，以及錯愛偶像的悲痛。

他們被安排在樓上靠牆的位置。他們一坐下來就點了店裡的名菜。

香港著名設計師兼美食專家鄧達智曾經說，「打冷」這名詞是由香港帶起，意思是「打 round」。

第一 round：他點了炆鳳爪，配用鹵水汁煮的熟花生；她點了韭菜豬紅。

第二 round：他點了凍烏頭，配普寧醬；她點了潮式凍蟹，配白米醋混蒜。

第三 round：他點了鹵水鵝片和拼盤：鵝腸、墨魚、紅腸、豬耳、豬頭肉、豬腩肉；她點了大份的煎蠔餅。

然而，他們非常有默契地沒有點蠔仔肉碎粥，因為他們不約而同來幫襯這間在中學時代而認識的打冷老店，就是為了品嚐一碗糜配四道雜鹹：炸花生、菜脯粒、蜆仔肉和酸甜鹹菜。

他們非常有默契地認為這是潮州打冷的精髓！

他們非常有默契地專心品嚐美食，沒有任何對話。

吃飽了，繼續好好生活，繼續休息、工作、再工作！

均分餐費後，他們沒有留下聯絡方法，就各自回家了。

他在對街乘巴士回家，她卻到中學母校附近的小巴站等車。

所以，他們並不知道，他們就讀的中學竟然是在同一街道上……

※

他不愧是「球場明燈」。

她絕對是「谷底女神」。

昨日，他最愛的球隊被淘汰了！

昨日，她最愛的作家蒙主寵召！

他明白，今季愛隊根本兵力不足，難以應付國內外的多條戰線。

然而，最令他無法接受的是，難得愛隊贏波，卻因為得失球差在歐聯分組賽中慘被淘汰……

她知道，生老病死是人之常情，她最愛的作家近年身體欠佳，長期臥病在床，某程度上，這對他可算是一種解脫。

然而，最令她無法接受的是，她跟最愛的作家情深緣淺，即使曾經擁有他的大量著作，卻在搬家時冒失地錯誤廢棄，而且，多年來都未能得到他的簽名，亦無緣跟他合照留念。

有什麼比至愛球隊被淘汰和至愛作家過身更痛苦？就是在至愛球隊被淘汰和至愛作家過身後的一天還要參加好友的婚禮！

他，痛心疾首，慨嘆人生不如意事十常八九，在大學宿友的婚禮上強顏歡笑。她，悲從中來，沉醉於至愛作家的小說世界，在公司同事的婚禮上魂遊太虛。婚禮結束後，他們沒有和一對新人合照，就立即離開教堂。

在「親友」們一片歡樂的氣氛中，他們感到格格不入，非常不自在。只有美食，才是他們最好的朋友。

可以讓他們忘掉至愛球隊被淘汰的患得患失，以及和至愛作家永別的悲喜交集。

他們分別回家更換了輕便的衣服後，卻同時來到這間著名平民扒房，打算享用香港獨有的「豉油西餐」。

「兩位？」

他有默契地主動回應。

「兩位。」

「這邊請！」

他們被安排在靠牆的梳化卡位。

這間平民扒房是舊式餐廳格局，燈光暗黃，懷舊感覺，雖然位於鬧市中，環境卻尚算闊落，梳化卡位。

他點了鐵板西冷牛扒餐，五成熟，蒜蓉汁，配薯菜，餐湯是白湯，粟米雞粒忌廉湯。

她點了有牛扒、雞扒、豬扒、煙肉和腸仔的鐵板雜扒餐，黑椒汁，配意粉，餐湯是紅湯，羅宋湯。

就像當日在茶餐廳的情況，這次店員也搞錯了，為他奉上了紅湯，為她奉上了白湯。大家都以為男士首選紅湯，女士較喜歡白湯。

一紅一白，作為傳統的港式豉油西餐的餐湯組合。他們有默契地對調了彼此的餐湯。

紅湯的羅宋湯，雖然雜菜材料不多，卻有大塊的牛肉。香甜，微辣，還有濃郁的牛肉味，是一貫水準的傳統港式牛肉湯。

白湯的雞粒粟米忌廉湯，以清雞湯作為湯底，充滿奶油的香味，雖然沒有雞肉粒，卻有很多粟米粒，是水準以上的餐湯。美中不足是餐包不夠熱，但放在餐湯一起進食，效果也算不錯。他們繼續用自己的方法，輕鬆解決了問題。

其後，更大的問題出現了，店員竟然為他奉上了雜扒，為她奉上了西冷牛扒。他們有默契地「手機先食」，用手機拍攝了店員先後將黑椒汁和蒜蓉汁傾瀉在鐵板上的美妙一刻，然後有自己的方法解決了問題，簡單的交換了座位。

在煙霧瀰漫中，就像是一場淨化身心靈的洗禮，充滿了儀式感。

「抵食夾大件」的鐵板餐！熱焫焫的鐵板，咋咋聲的節奏，好治癒，好享受。伴牛扒的薯菜，是剛剛炸好的波浪薯條、小蕃茄和雜菜粒，雜菜粒有粟米粒、紅蘿蔔和青豆。

看見鐵板上的紅蘿蔔，他突然想起她不愛吃紅蘿蔔。

其實，他也有偏食的習慣，他最討厭青豆了！

分別吃完了鐵板牛板餐和雜扒餐，他們都多點了一份。

他點了燒春雞，繼續是白湯；她點了火焰牛柳，繼續是紅湯。

當然，店員也繼續搞錯了。也許，多數人都會認為女士較喜歡吃燒春雞，火焰牛柳就是男士至愛。

至於餐飲，他先後點了紅豆冰和雜果賓治，她就先後點了冰咖啡和冰奶茶，自製了她至愛的冰鴛鴦。

吃飽了，他們的情緒都已平復了。

他至愛的球隊，近年的表現雖然持續低迷、積習難改，但他對來季仍然充滿希望。

她至愛的作家，雖然已經瀟灑而去，但她相信他的精神長存，人和書都永垂不朽。

埋單後，他們沒有交換聯絡方法，就分別回家了。

所以，他們並不知道，他們竟然擁有很多共同朋友，包括有意撮合他們的某位前輩，就是他們在大學時先後報讀的本土文化課程的教授……

直接他們在火鍋店再重逢。

※

在困難的日子，也要笑著過活！

逆境中，仍有一種最簡單的幸福，就是「化悲憤為食慾」！

美食，是我們最好的朋友！不會出賣我們！不會嫌棄我們！不會令我們失望！

吃飽了，身心靈滿足了，繼續好好生活，繼續屬於我們的生活，繼續讓我們擁有快樂的條件！

緣分，就會在不知不覺中來到。

機會，其實一直都在我們手上。

總有一天，身處谷底也會反彈！

即使是明燈，也可以照亮別人！

【美食是我們的最好朋友】／完

第三章

代吃服務員的幸福一天

你聽過「代吃服務員」嗎？

代客泊車，你應該經常遇見；代客排隊，你應該也有聽聞；代客拜山，近期已開始流行。

代客吃喝，或許你會覺得很奇怪，但其實這是一份既自由，又幸福，而且好有意義的工作，簡直就像是為了喜歡美食的我量身訂造！

作為「代吃服務員」，我的主要工作，就是為不同客戶提供「代吃、代喝、代打卡」的貼心服務，基本要求是提交一份約一百字的食評報告，以及三百六十度零死角食物圖片和影片，任務已算是完成。

很多人身在海外，日夕想念「回憶中的香港味道」；很多人即使身在香港，卻因為不同理由，未能親身前往他們心儀的食店，品嚐他們至愛的美味。「代吃服務員」，正好解決了他們的問題。

除了基本的代客吃喝，我還有不同類型的增值服務，為身在海外想念香港美食的客戶完成不同的心願，費用是按照複雜和困難程度而定，例如：某些良心小店告急時，我代表客戶去排隊和其他有心的市民一起支持他們；那間曾經非常熱鬧的火鍋店結業前，我代表客戶和其他有心的熟客一起出席「最後一夜」的送別活動；珍寶海鮮坊離開香港前，我代表客戶跟一位有心的網台主持同行拍攝了珍貴的片段和「遺照」……

還有，早前某間漢堡包連鎖店推出買姜濤貼紙送套餐，不！應該是買套餐送姜濤貼紙時，我為了一位已移民英國的「前夫」客戶，奔走了三間分店，終於集齊了三款姜濤貼紙，然後火速寄往英國，讓這位「前夫」送給他超愛姜濤的妻子，作為結婚紀念日的驚喜禮物！

這次代表客戶換購姜濤貼紙，過程中發生了兩段有趣的小插曲。

首先，為什麼我要奔走於三間分店？因為每一間分店只派發一款姜濤貼紙，假若你想集齊全套三款姜濤貼紙，就必須最少幫襯三間分店，如意算盤打得真響啊！

那麼，我如何知道在哪些分店可以換購哪款姜濤貼紙？慶幸我是一個業餘話劇社的骨幹成員，也參加了不少小型演出，這些寶貴的經驗，再次大派用場……

「不好意思，請問其餘兩款姜濤貼紙可以在哪裡換到？我必須在今天內完成任務，否則，有可能會家變啊！」

我並沒有說謊啊！我的客戶真的有機會家變啊！我表情做足，雖然略嫌浮誇，卻奏效！

那個中年男經理很體諒我的情況，立即告訴我答案是在同區的另外兩間分店，我預計半小時就可以完成任務。

我再三感激這位經理後，他親切地對我說：

「辛苦你了！大家都是『前夫』，明白的。」

另一段小插曲，是我在第三間分店購買了套餐後，等待提取時，看見一個孤獨的老婆婆，我禮貌的問她：

「婆婆。」

我叫她第一聲時，她沒有反應。

「婆婆！」

「嗯…？」

我大聲一點的叫她後，她終於有反應。

「我買了這個套餐，有漢堡包和一杯汽水，但我只是為了換禮物，我不想浪費，送給妳如何？」

婆婆以費解的眼神望著我，我不知道她是聽得不清楚，還是不明白？

我再慢慢向婆婆講多一次。

這次婆婆很清楚，也明白。

「多謝你！你真的很好人！」

這時候，輪到我們取餐了！

我為婆婆提供送餐服務，然後拿著第三款姜濤貼紙，心情愉快地離開。

如果你問我：為什麼會將這個套餐送給那位萍水相逢的婆婆？我也難以解釋。

或許，這是我和她的緣份吧！或許，我已吃不下第三個多年來不斷縮水的所謂「巨無霸」，雖然我一直以食量自誇，但真的不是我的那杯茶！或許，這就是我從事「代吃服務員」的初衷——

施比受更為有福！

※

今日天氣很好，我打算來一場體力和食量的大挑戰！

我其中一名客戶是巴士迷，或是俗稱的「巴膠」，我按照他的特別要求，一早來到上水巴士總站，代表他乘搭九巴 673 線，由上水出發，前往灣仔，重點是拍攝沿路風景。

673 線是九巴目前僅有三條全日途經東隧的獨營路線之一，亦是新界北區第二條全日服務的過海路線。起點是上水總站，終點是香港站，官方行車時間長達 115 分鐘，是各條全日專營巴士中最長的路線。

我將手機的位置定在視線的水平，按客戶的指示坐在巴士上層的最前排左邊位置。九巴 673 線由上水總站出發，途經天平邨、聯和墟和祥華邨後，取道粉嶺公路、吐露港公路、大老山隧道、觀塘繞道、東區海底隧道和東區走廊，直達天后、銅鑼灣、灣仔、金鐘及中環。

我代表客戶，以興奮的心情，欣賞吐露港和城門河風景時，忍不住叫了一聲：「香港真係好靚！」

巴士在大老山隧道飛馳時，我從玻璃窗的倒影，看見坐在右邊前排座位的一名小孩，好奇地偷望拿著手機拍攝沿途風景的我，我對他點頭示意，他卻有點吃驚地移開了視線。

巴士穿過大老山隧道後，駛向東區海底隧道時，我看著「將軍澳－藍田隧道」的大地盤，竟然有種滄海桑田的感覺。下次再來到這裡時，應該會是另一番景象。

巴士穿過東區海底隧道後，直上東區走廊，我代表客戶欣賞維多利亞港的美麗風景，很快已來到天后，經清風街，轉入英皇道，竟然不用一小時。

來到繁囂鬧市，巴士的速度減慢了，我的拍攝也暫告一段落。經過皇仁書院與怡和街兩個車站後，我在軒尼詩道落車。

遊完車河，短時間內穿梭了新界、九龍和香港，我舒展一下筋骨，慢步行向今日的第一站——

雄記美食。

※

「有一種幸福，是可以食到雄記！」

這是某位內向、憂鬱而文靜的作家說的名句。

位於灣仔克街的雄記美食，真的不是你想吃就可以吃到的！雄記和灣仔區內另一間以糯米飯和豬骨粥聞名的老店有淵源，除了粥和煎腸粉的招牌菜，個人覺得牛雜更吸引！

在香港吃到的牛雜，主要分為潮州和廣東兩種模式，潮州式是把洗乾淨的牛雜內臟，加入藥材香料如花椒八角草果等熬煮而成；廣東式不加香料，反而是用南乳、磨豉等，將牛雜熬煮至入味熟透，重點是一定要用鉸剪剪開一件件，這是從前街邊車仔檔賣的港式牛雜風味。

雄記是由牛雜檔起家，老闆雄哥師承他爸爸牛雜強，十多歲已跟隨爸爸在街邊檔賣牛雜，故此對牛雜處理非常專業，按照父傳的方法和工序，每天六點開始準備，徹底清洗新鮮牛雜，把牛雜的骯髒物和邊緣位置去掉，再用粗鹽反覆洗擦，徹底沖走內臟的血水和異味。按照雄哥的嚴格標準，必須令牛雜洗出來的水像清水般清澈才算是乾淨。

雄記賣的是新鮮牛雜，有齊牛肺、牛肚、牛腸、牛膀等例牌部位，很多時候還會有刁鑽的牛沙瓜，又叫「傘肚」，學名「皺胃」，即是反芻動物的第四個胃，口感爽脆而不失嚼勁，但因為體積少而罕有，你能否在雄記食到牛沙瓜，真的需要講緣分！

雄記十一點左右開鋪，我今日按照客戶的要求，是成為雄哥和雄嫂今天的第一個客人。一來不用「摸門釘」，二來可以食到客戶至愛的食物。

雄記一星期平均營業五天，每天只營業五、六小時，如果你想幫襯，必須留意此店的IG！即使開門做生意，賣完就會收鋪。我曾經有次四點左右來到已看見關上鐵閘，望門輕嘆；另一次提早兩點幾來到，滿以為萬無一失，怎料粥、腸粉和咖喱牛腩都已售罄，麵條也只剩下幼麵和油麵。

雄記的咖喱牛腩，配撈麵固然不錯，但個人首選撈通粉，通粉吸收了香濃的咖喱汁，簡直是夢幻組合，非筆墨所能形容！雄記的咖喱沒有落味精，分為大、中、小辣，如果你第一次幫襯，除非你是無辣不歡，或是有心挑戰「辣王」的稱號，否則建議你點小辣，在小辣咖喱的吊味下，更能品嚐到牛腩的鮮味。

當日食不到香煎蝦米腸粉加雞蛋，老闆雄哥為了慰藉我的空虛心靈，特別為我煮了一份餐牌上沒有的雞蛋煎通粉，加了辣，非常惹味，而且賣相極佳！再次感謝雄哥！

雄記的招牌牛雜麵，是配扁平的粗麵，特別掛湯汁，而且抵食夾大碗，還有青菜和蘿蔔，蘿蔔燜得好入味，個人覺得不比牛雜遜色。牛雜湯香濃鮮甜，食完牛雜和麵條，飲了整碗湯也不會口乾。

當日沒有粗麵，牛雜麵改配油麵，竟然別有一番風味！雄記的牛雜，個人至愛是有肥膏的大腸，真的是越邪惡越快樂！果然，每次去雄記，都會有驚喜！

當日我本來打算想跟牛雜麵來一樽可口可樂，但強嫂向我強烈建議雄記美食自家製的腐竹糖水！果然純天然的味道，美味得難以形容！美中不足是太細杯，「唔夠喉」啊！

累積了太多痛苦但美好的經驗，我今日整天在港島區「代吃」，故此特別選擇了雄記美食作為第一站，個人覺得是非常明智的安排。

我今天的任務是要代表客戶品嚐牛雜粥（當然是必須有牛沙瓜！）、雞蛋煎通粉和腐竹糖水，但首要任務是要代表客戶跟雄哥和雄嫂合照，這個是必須完成！按照客戶的特別要求，還要必須在雄哥珍藏的玩具前合照。我這位客戶很想念雄記的美食，但他更想念雄哥和雄嫂，以及店內的玩具。

雄記雖然是一間粥粉麵店，但店內放滿了雄哥珍藏的玩具，包括隨時比你和我更年長的超合金機械人，如果你在不知情下踏入這間大隱於市的小店，你或許會以為這是一間奇怪的玩具店。

上午十點半左右，我已在雄記非常搶眼的門外排隊。此刻虛掩的鐵閘上，除了色彩鮮明綠底黃字招牌，還畫了一隻卡通牛坐在大碗裡。我拍了一張相片，第一時間發了給我的客戶。

就在我準備拍第二張相片自用時，充滿色彩的鐵閘竟然慢慢拉開了，老闆娘雄嫂出現在我的鏡頭前，親切地問我：

「你今日是『代吃』？還是自己吃？」

我向強嫂道明來意後，她立即邀請進入店內，我把握時間先跟雄哥和雄嫂在玩具前合照，然後就成為了他們今天的第一個客人，但意外驚喜是誤打誤撞下「包場」，成為他們開店前的唯一客人。

牛雜粉麵，大家應該不會陌生，但是你吃過牛雜粥嗎？

雄記的牛雜粥，既可以食到味道濃郁的牛雜，又可以食到充滿米香且綿滑的粥底，讓你一次過滿足兩個願望！不只是別有一番風味，簡直就是只此一家的獨特美味！

補充一句，雄記的豬骨粥和豬紅粥都好好味！

雄記另一必食之選，正是香煎蝦米腸粉，但是大家更愛雄哥的雞蛋煎腸粉！沾了蛋汁的金黃煎腸粉，色香味俱全！金光閃閃多美麗！金光閃閃叫人迷！

吃完鹹的，當然要吃甜的；吃完熱的，當然要吃凍的。雄記的糖水，首選腐竹薏米糖水，不會太甜，味道剛剛好，有種淡淡然的浪漫。特別是食完熱焫焫的牛雜粥，來一碗透心涼的腐竹薏米糖水，合奏出「冰與火之歌」，非常暢快的感覺！補充一句，雄記除了腐竹薏米糖水，另一款招牌甜品馬來西亞喳咋，都好好味啊！

一邊代表客戶品嚐美食，一邊跟雄哥和雄嫂閒話家常，簡直是賞心樂事！最後我特別要求雄嫂為我的客戶錄了一段打氣說話……

果然，有一種幸福，是可以食到雄記！

※

今天的第二站，是位於北角保壘街的麥記美食。

這是入選《米芝蓮》指南「街頭小吃」系列的著名小店，特色是坐在路邊，別有一番風味。

我乘坐新巴23線，巴士由灣仔來到炮台山和北角交界的糖水街，然後慢慢行上長康街的斜路，轉入保壘街，就看見麥記的招牌了！

按照客戶的要求，今日我需要代吃麥記的鍋貼、小籠包和酸辣湯雲吞，這些都是平靚正的抵食好選擇！

請不要跟我講什麼「性價比」，識飲識食的香港人，只要用一個「抵」字，就足以代表千言萬語！故此，我的一百字食評報告，絕對絕對絕對不會出現「性價比」這三個字。

麥記的小籠包，有別於一般同類店舖，重點是即叫即蒸，需時最少十分鐘。

等待小籠包時，先來一份窩貼！剛剛煎好，窩貼皮薄邊脆，餡料份量適中，一口一隻，咬下去有少量肉汁漏出，非常過癮！

酸辣湯雲吞，可以配大雲吞或小雲吞，客戶的心水是大雲吞，一次過滿足兩個願望！酸辣湯的材料非常豐富，有豆腐、木耳、鴨紅等，足料夠味的酸辣，比不少名店更優勝。來到麥記只吃酸辣湯是不足夠的，一定要加雲吞。四大雲吞粒，好有份量，好好味又好完滿！

今日客人多，外賣也多，我等了近二十分鐘，主角小籠包終於隆重出場！完全符合「體小、餡大、汁多、味鮮、皮薄、形美」的六大要求，以膠匙扶助，輕輕夾起來，先喝包內的湯汁，然後趁熱食，不用沾醋都好好味！

煎鍋貼十元三隻，小籠包二十六元四隻，酸辣湯雲吞二十四一碗，埋單只需六十元，非常抵食！

麥記的招牌菜，還有生煎包和蔥油餅，當然是剛剛煎好時最好味！酸辣湯雲吞，個人較喜歡酸辣湯配小雲吞，一口一隻更方便，也更滿足！

在麥記美食只逗留了半小時，我立即要趕往今日的第三站——

興華茶餐廳。

※

興華茶餐廳位於興華二邨的和興樓，創業於上世紀七十年代，是一間充滿懷舊色彩的茶餐廳。

興華茶餐廳已經有超過四十年歷史，其後由珍姐接手經營，因為當時她的丈夫不幸患上肝癌，她丈夫希望她可以靠這間茶餐廳養大兒子阿鋒，結果輾轉成為了柴灣區內，甚至是全香港的名店。

我乘坐新巴81線，巴士由北角出發，途經鰂魚涌、康山、西灣河和筲箕灣，最後到達柴灣，我在興華邨卓華樓落車，然後上山。

不是說笑，興華茶餐廳真的在山上！

興華邨是一個依山而建的屋邨，高架在山上，環境懷舊而清幽，故此又名「天空之城」。從山腳乘電梯直登十六樓的中空平台，可以俯瞰柴灣的工廈群樓，我在這裡為客戶和自己先後拍攝了相片和短片留念後，行向中空平台走廊的盡頭，就看見這裡暗藏的老店，招牌漆上「興華茶餐廳」。

推門進入茶餐廳，店內的裝潢如舊，地磚和皮椅擺位仍然是多年來大家熟悉的模樣，彷彿有種回到過去的感覺。

我的客戶，就是很喜歡這種懷舊感覺！當然，他更喜歡這裡的經典食物。刻意避開了午飯時間，但店內也坐滿了客人。太子爺阿鋒問我是否介意搭枱？我怎會介意呢？我的客戶就是特別要求我搭枱！他說這樣才有香港茶餐廳的感覺！我拍攝美食相片時，必須看到搭枱客人的食物！

其實我早已認識阿鋒，他曾經有一段時間，暫時離開柴灣，孤身前往紅磡，開設了「興華美食」，我當時定期去幫襯他，我記得第一次去幫襯時，就一口氣試了三款招牌美食：興華炸髀、一口西多和炸墨魚咀。

生炸雞髀，即叫即炸，外脆內嫩，油而不膩。一口西多，配煉奶和牛油，越邪惡，越快樂！墨魚咀炸得通透，香口，鬆化，惹味，重點是足以畫龍點睛的蔥油汁，配炸雞髀好味，配炸墨魚咀，同樣好味！

食物有水準，服務夠貼心！重點是阿鏠好靚仔！好有禮貌！笑容燦爛好可愛！

我其後再幫襯，嘗試了鰻魚汁撈冬加魚蛋和水魷兩餸、椒鹽炸燒賣、炸雞皮、炸魷魚鬚、還有碗仔翅溝添叔魚滑等興華美食，每一款都沒有令我失望，故此多次在區內的網上群組大力推薦，結果竟然被人批評是「打手」，令我蒙受了不白之冤……

好景不常，阿鏠在紅磡營業一年多後，由於租約期滿，他在二零二一年的八月廿四日跟大家講再見，我卻因為種種理由而未能及時跟他道別。

今日和阿鏠久別重逢，但我沒有跟他相認，因為我是代表客戶來品嚐這裡招牌菜——

「炸雞髀、紅豆冰、西多士」的夢幻組合！

阿鋒安排我坐在舊式的皮椅卡座，跟我搭枱的是一對年輕女子，她們應該都是慕名而來，我看見她們不斷在拍照，拍攝完食物，就拍攝店內的環境。

她們都點了蔥油炸雞髀和紅豆冰，雖然沒有邪惡的西多士，但她們點了色香味俱全的馬拉盞海鮮炒飯，這是添叔的另一拿手菜，她們來之前應該有做功課。

添叔在興華掌廚廿多年，鎮店之寶炸雞髀是他從前當小販時的傑作，可以一日賣出數十隻，高峰期更試過一日賣出二百隻！添叔喜愛親自調製醬料，他為店內的碟頭飯特製出蔥蒜油，竟然和炸雞髀成為絕配！

興華的生炸雞髀，外脆內軟，即使凍了，雞皮仍是脆的。有人說，食雞髀，最重要是爽脆的雞皮，也有人說，食雞髀，最重要是嫩滑的雞肉！來到興華，就可以同時滿足這兩批人了！

西多士，是興華另一鎮店之寶，真的非常邪惡！比生炸雞髀更邪惡！大大塊的牛油，配飽滿的花生醬餡，我最愛看著牛油在西多士上慢慢溶化，好治癒的感覺！在茶餐廳食西多士，多數會讓你加糖漿，但是興華為你提供多一個選擇：煉奶。我個人最喜歡煉奶溝糖漿！

對比紅磡分店時的一口多士，我個人較喜歡柴灣店的大塊多士，除了可以用刀又來享受，更有一種豪邁的感覺！

紅豆冰是香港茶餐廳的經典飲品，除了紅豆和冰，還有另一主角：淡奶。興華的紅豆冰，沙沙的紅豆配上順滑的淡奶，紅豆味沒有被奶味所掩蓋，反而是互相輝映，令味道得以昇華。

在珍姐、阿鋒和另一位年輕男店員的熱情款待下，我和搭枱的兩位年輕女子，都渡過了一個愉快的下午。

難得來到「天空之城」，就像時光倒流到了昔日的舊香港，我把握機會，在附近打卡拍了很多相片留念。

這些相片，對我非常有價值！對於真正熱愛香港的朋友，香港的茶記風味，以及舊屋邨的人情味，都具有難以解釋的價值！

※

我再次乘坐新巴81線，今次是由「天空之城」前往「姜濤灣」。

「姜濤灣」，並非香港的豪宅新樓盤，而是因為香港各界熱烈慶祝姜濤生日而變得更熱熱鬧鬧的銅鑼灣。

二零二二年四月三十日，是香港人氣男團 MIRROR 成員姜濤的廿三歲生日，一眾「姜糖」，即姜濤的粉絲，由當日起至五月十六日，包下電車改造成為「姜濤號」，遊走於港島的電車路上，而在四月三十日姜濤生日正日，「姜糖」們更與民同樂，請全港市民免費乘搭電車。與此同時，銅鑼灣區內多個大電視展出姜濤生日應援之餘，部分食店亦有打卡位，銅鑼灣從此又被稱為「姜濤灣」。

今日的第四站，就是位於銅鑼灣波斯富街，電車路旁邊的蛇王熙。

蛇王熙由前蛇王二店長熙哥羅長熙主理，部份店員是蛇王二時代的舊伙計。

蛇王熙的超人氣蛇羹套餐：涼拌拍青瓜雲耳、招牌花膠會蛇羹、蛇汁浸雞飯配薑蓉，我特別加多一條脆皮鮮鴨膶腸。一次過滿足了三個願望！

蛇王熙有兩款套餐。超人氣蛇羹套餐，除了招牌花膠會蛇羹，以及涼拌拍青瓜雲耳，可以選擇脆皮膶腸飯或臘味糯米飯，每位一百一十八元。

另一款套餐，自選蛇羹套餐，凡惠顧任何一款白飯以外的飯類加蛇羹一碗，蛇羹即減十二元，兼送涼拌菜一份。我就是選擇了這個更具自由度的套餐，同時品嚐了蛇羹、蛇汁浸雞和脆皮鮮鴨膶腸三款美食！

蛇汁浸雞飯，正價五十五元；招牌花膠會蛇羹，正價七十五元；減價十二元後，和，超人氣蛇羹套餐同樣是一百一十八元。但我加了腩腸，需要多付五元，埋單一百二十三元，好抵食！

正所謂「秋風起，三蛇肥」，香港素來有食蛇的文化，在上世紀五、六十年代，香港的蛇店林立，蛇羹正是香港市民在冬天的平民補品。

據說早在東漢時期已有蛇羹，但將蛇羹發揚光大的，肯定是清末的著名美食家，被譽為「百粵美食第一人」，人稱「江太史」的江孔殷。

江孔殷，生於一八六四年，卒於一九五二年，字少泉，別號霞公，人稱江蝦，籍貫廣東南海。一九零八年，江孔殷在晚清最後一屆科舉殿試獲二甲進士，選館入太史院，任庶吉士，成為翰林，其後外放為廣東道台，候補廣東水師提督，兼任兩廣清鄉督辦，是廣州的重要政治人物。

江孔殷祖上是巨富茶商，大宅太史第有四條街之大，一家有五六十人吃飯，僱有四名廚師，全是炮製名菜的高手。江太史經常在家宴請官紳名流，出自太史府上的佳餚多不勝數，當中包括秋冬時節的「太史五蛇羹」。

正宗的太史五蛇羹極其講究，材料包括：雞絲、冬菇、木耳、冬筍、花膠和蛇肉，蛇肉必嚴選過樹榕、飯鏟頭、金腳帶、三索線及白花蛇五種，這樣才會最滋補、最有效。

食蛇羹，必定要配薄脆、檸檬葉和白菊花瓣！這些炸過的麵粉小薄片，可以增添香脆感覺。檸檬葉可以辟蛇肉腥味，提升鮮味。白菊花瓣可以將蛇羹略為降溫，而且讓花香融入羹中，令蛇羹更添一分超凡脫俗的芳香。

對比以前蛇王二的套餐，熙哥將菊花五蛇羹改為花膠會蛇羹，令味道及口感提升至更高層次，更滋補，也更美味，花膠份量多，大件又有咬口，女士們應該會更歡喜！

熙哥的另一改動，就是將蠔油生菜改為涼拌拍青瓜雲耳，賣相和質量都更勝一籌！在蛇王二時代，蠔油生菜偶然會有種很頹的感覺，青瓜雲耳就令人感覺更認真，拍照時也更好看！

蛇王熙，不只保留了蛇王二的味道，更超越了蛇王二的水準！

下次再來幫襯時，我一定會試燉湯！十款燉湯中，個人首選淮杞鳳爪燉豬腦，次選菜膽燉豬肺，但是元貝雜錦冬瓜盅都好吸引……

因為門外有很多人排隊，我在蛇王熙只逗留了不夠半小時。食完飯，拍完照，為客戶買了一樽蛇膽酒和兩包蛇膽陳皮後，就瀟灑地離開了。

然而，我的任務仍未完成。

我穿過電車路軌，來到另一邊的街道，拍攝了蛇王熙門外排著長長人龍的熱鬧景況，這是我兩位客戶的特別要求。他倆是在蛇王二門外排隊時認識，他倆一個喜歡吃蛇汁浸雞，一個喜歡吃脆皮鮮鴨潤腸，當然，他倆都喜歡吃蛇王二的蛇羹。然後，他倆開始拍拖，更一起走進教堂，現時在外國一起快快樂樂地生活……

※

我乘坐城巴 5B 線，由銅鑼灣前往西營盤。

今日第五站，也是最後一站，是位於西營盤德輔道西的金祥排骨麵。

金祥排骨麵，是區內遠近馳名的老字號上海麵店。這間小店主要做街坊生意，供應馳名的上海炸排骨、上海菜肉雲吞、腐皮卷等美食，食物種類不算多，但賣點是全部自家製。當你吃過後，就會明白什麼是真正的「平、靚、正」！

我有一位已移民英國的朋友，他告訴我，他曾經在第三街有樓收租，經常會出入水街，路過金祥排骨麵，但他說可能因為門面字體的粗陋，以及招牌上「紅彤彤」的色彩搭配，而且炸排骨看似熱氣非常，故此每次都過門不入，這是他暫時人生中的一大遺憾……

店名的排骨，不是廣東的排骨，而是上海的排骨，即是我們熟悉的炸豬扒。金祥的招牌炸排骨，使用傳統人手將豬扒搽鬆的方法，絕不加鬆肉粉，而且是即叫即炸，吃起來既鬆化又有豐富肉汁，而且不會太熱氣，重點是啖啖肉，沒有骨！

金祥排骨麵的招牌菜，正是菜膽雲吞排骨麵，可以一次過滿足三個願望！

菜膽雲吞是每天於店內人手包製而成，餡料是白菜豬肉，飽滿又充滿肉汁，水準一流！麵條選用傳統上海麵，是軟硬度適中的幼麵，值得一讚！湯底雖然不算濃郁，但你不會覺得口乾。

然而，我的客戶卻要求挑戰上海粗炒。除了上海粗炒排骨麵，他還要求了我一直想試的酥炸雲吞和花雕醉雞翼，再加一杯自製菊花茶。

我必須感謝這位客戶，因為我終於有機會嚐到金祥的花雕醉雞翼和酥炸雲吞，上次這兩味都售罄，故此隨便點了一客紫菜腐皮卷，雖然非常鬆脆，味道卻較為清淡，當時我忽發奇想，如果用這個紫菜腐皮卷來配酸辣湯，應該會很有趣……

今晚的上海粗炒屬於正常水準，雖然沒有「嘩」一聲的感覺，但重點是油而不膩，而且分量充夠，一定夠飽！

熱焫焫的炸雲吞，炸至金黃，餡料豐富，香脆可口！花雕醉雞翼，酒香四溢，非常入味，充滿驚喜！自製菊花茶，不算太甜，亦沒有澀味，更有股清新的菊花幽香。

來到金祥，除了沒有骨的排骨，我一直想試我偶像，著名填詞人梁栢堅誠意推介的雞球！

我本來打算完成客戶的任務後，加多一碗菜膽雞球牛肉麵，但真的有點飽，只好改為外賣，帶回家作為宵夜，一邊重溫 MIRROR 成員主持的綜藝節目，一邊慢慢享用……

補充一句，金祥排骨麵，逢星期二休息。

※

食得是福。

施比受更為有福。

如果，有一種幸福，是可以吃到你喜歡的美食；

或許，有一種更大的幸福，就是可以代別人品嚐美食後一起得到幸福！

我相信，明天我和我的客戶，都會是非常幸福！因為明天我們的行程也是排得滿滿的！

明天在九龍區工作：第一站是在紅磡滿堂樂食鹹豆漿和即叫即包的鹹粢飯；第二站是在黃埔花園時新漢堡包食雙層芝士蛋漢堡、炸薯條和紅豆冰；第三站是在土瓜灣甘露甜品（客戶特別要求坐在《大時代》裡大佬孝和方婷的桌子上）先食沙嗲魚蛋、魷魚、東風螺、豬紅、豬皮和牛柏葉，然後食馬來亞喳喳、香草綠豆沙和薑湯麻蓉湯圓；第四站是在油麻地恆達油渣麵買一碗招牌油渣麵（配自家製辣菜脯）、一碟白灼東風螺（配甜醬和辣醬）、另加一碗是日老火湯（菜乾豬肺湯），外賣到附近的護老院，為客戶的父親帶來驚喜；第五站是在佐敦逸東軒出席好友契媽的餞行盛宴（米芝蓮星級菜式包括：話梅車厘茄、明爐蜜汁叉燒、脆皮燒腩仔、黃耳鮮蓮海皇碧玉盅、脆皮逸東烤鴨二食、十頭鮑魚扣花菇鵝掌、蘿蔔濃湯浸原條沙巴斑球、二弄玻璃蝦球、頭抽生浸走地雞、大澳蝦膏唐生菜膽、脆皮乳豬鮮蟹肉炒桂花、棗皇糕、杏汁金球、香芒糯米卷）順便為客戶進行網上直播並且和行政總廚譚棟師傅合照留念；最後一站就是在油麻地輝記車仔麵和「斷掌麵王」輝叔聚舊……滿滿的幸福！

【代吃服務員的幸福一天】／完

第四章

轟轟烈烈的美味情緣

「龍鬚糖，是我爺爺最喜愛的香港美食。」

初中復課後，在班主任課提交的第一份功課，以香港歷史文化為主題。

慕容老師，安妮的班主任，要求同學們把握在家抗疫的時間，趁機會關心家中長輩，並且和他們多點溝通，了解他們最喜愛的、最懷念的、或是已消失的香港美味，然後向其他同學詳細介紹。

「龍鬚糖，又名『龍鬚酥』，曾經是古代皇帝的美食！龍鬚糖顏色乳白，用精製麥芽糖製成，裡面有花生碎、椰絲、砂糖等。師傅需要重覆將麥芽糖拉成細絲，因為一條條的細絲好像龍鬚，所以名為『龍鬚糖』，是『龍的傳人』的代表性美食。」

「嗯，多謝國強的分享。下一個輪到嘉欣。」

「我嫲嫲最懷念的香港美食是『啄啄糖』。啄啄糖是一大塊帶有芝麻和薑味的麥芽糖，質地堅硬。製作時，首先，將麥芽糖煮熔，然後，加入其他材料，不斷攪拌再攪拌，在仍未完全凝固前，放在鐵枝上拉成糖膠。最後，將條狀的糖膠綑綁成盤狀，等候冷卻後變硬。

「因為小販在售賣啄啄糖時，需要用錘子及鑿將鐵盆中的糖塊鑿碎，即是廣東話的啄碎，而敲碎糖果的聲音，跟『啄』的廣東話發音相似，所以名叫『啄啄糖』，而在其他地區，會被稱為『叮叮糖』，或者『噹噹糖』，是一種有聲音的糖果。」

「解釋得有聲有色！多謝嘉欣的分享。下一個輪到華倫。」

「已移民的表叔婆教了我唱一首歌，歌名叫《氹氹轉，菊花園》，我現在唱給大家聽。」

華倫突然在班房內引吭高歌，殺慕容老師一個措手不及。

「炒米餅，糯米糍，
阿媽叫我睇龍船！
我唔睇，睇雞仔，
雞仔大，捉去賣！
賣得幾多錢？賣得一百文錢！」

華倫的歌聲動聽，有同學忍不住鼓掌。

「我表叔婆最懷念的香港美食，就是『炒米餅』和『糯米糍』。炒米餅，主要材料有炒米粉、糖粉、芝麻、花生、起酥油、新鮮芫荽等等，十分香口，還有芫荽的獨特香氣。糯米糍，主要材料是糯米粉團，一般餡料是豆沙、蓮蓉、或者花生，煙煙韌韌好好味，但近年有人會用芒果、甚至榴槤作為餡料，表叔婆就接受不了。」

「多謝華倫好特別的分享。下一個輪到家輝。」

「我爺爺和嫲嫲最懷念的香港美食是冷糕。冷糕是潮州特色小食『冷糕』的「冷』，不是『冰冷』的『冷』，而是『打冷』的『冷』。冷糕又名為『砂糖夾餅』，有雞蛋仔外脆內軟的質地，又有夾餅的綿密，加上芝麻、椰絲、花生碎和砂糖的餡料而成，流行於上世紀六、七十年代的街頭巷尾，可算是大部份香港人的集體回憶！」

「你爺爺和嫲嫲都是潮州人？」慕容老師問家輝。

「我嫲嫲是潮州人，但爺爺是番禺人。」家輝回答。

「番禺？即是廣州？」

「不！爺爺堅持番禺人不是廣州人！番禺的歷史比廣州更悠久，只是後來因為種種理由被廣州吞併了！」家輝咬牙切齒。

「慕容老師，我有補充！」

安妮在班裡最討厭的人，經常作弄她的達利，突然舉手。

慕容老師明白達利喜愛炫耀自己，示意他可以隨便發言。

「番禺的情況，等同順德。順德現在是廣東省佛山市的市轄區，但前身其實是跟佛山同級的順德市，再以前是順德縣。早在先秦時期，已經有越族先民的活動痕跡，當時是屬於百越的地方。」

「順德又名『鳳城』，順德的中心城區就在大良，大良有一座大山，因為山形似鳳凰，所以名叫『鳳山』，大家慢慢就把順德叫做鳳城。正所謂『食在廣州，廚出鳳城』，順德當年是美食之都，可以媲美現在的香港。」

「達利，這是你從網上找到的資訊？還是家中長輩告訴你的？」

「是外婆告訴我的，她雖然是客家人，卻很熟悉順德的歷史。」

「達利，不如由你先分享吧！」

「好的！我早已經準備好了！讓我外婆充滿美好回憶的香港美食，是一款在香港差不多失傳的小食——『炸油糍』。」

一聽到「炸油糍」三個字，安妮突然臉色大變。

「炸油糍，俗寫是『炸油池』，是上世紀五、六十年代來自客家人的經典小食。

製作方法很繁複，先將蘿蔔切絲，拌入已調味的粉漿中，然後放在圓餅形的勺子落滾油炸，炸至金黃色。材料除了蘿蔔絲，有人會加入蝦米粒、肉碎、花生碎，蛋漿、芹菜等，甚至會有其他不同的餡料。炸油糍的外皮金黃香脆，內裡包著多汁鮮甜的蘿蔔絲，沾上甜醬和辣醬，大大口咬下，非常好滋味！」

「多謝達利的分享。我知道仍然有售賣炸油糍的地方，下課後我告訴你，你陪外婆去回味一下吧！」

「多謝慕容老師！我代外婆多謝妳！」

達利分享後，向鄰座的安妮做了一個鬼臉。

內心忐忑的安妮，完全沒注意到達利的囂張表情。

「下一個輪到麗英。」

「我爺爺和爸爸最愛的香港美食，就是『金錢雞』！

「『金錢雞』裡沒有金錢，『金錢雞』也不是雞，而是幾款燒味的混合物！

「燒味雖然一直是香港人的美食，但據說昔日的燒味及雞肉都是貴價美食，初期的金錢雞，據說是燒味店用每天剩餘的豬肉、肥膏，加一片雞膶燒製而成，可以說是下欄燒味，價錢比叉燒、燒肉等平宜，但味道並不遜色，大受歡迎，更有『窮人恩物』的別稱。

「至於為甚麼名叫『金錢雞』，爺爺認識的一位師傅說：將雞髀、瘦肉和冰肉，梅花間竹、層層疊疊地串起來，就好似一串串的金錢，故此取名為『金錢』。至於為何稱之為『雞』，有可能是前人為了推廣，讓大家幻想自己在品嚐貴價的雞肉。

「以前爺爺放工後，經常會買金錢雞回來，和爸爸一起吃得津津有味。金錢雞雖然是人間美食，但是『三高』：高油、高脂、高膽固醇，爺爺近年身體欠佳，爸爸也在媽媽強逼下戒口，他們已經很多年沒有品嚐金錢雞了！」

「大家都是注意健康！多謝麗英的分享。下一個輪到男班長。」

「香蕉糕，是我祖父最愛的香港美食。」

男班長佐敦七情上面地分享。

「香蕉糕裡面沒有香蕉，就像菠蘿包裡面沒有菠蘿，老婆餅裡面沒有老婆。

「香蕉糕的外型也不似香蕉，不像菠蘿包因為包面金黃色、凹凸的脆皮狀似菠蘿而得名，也不像牛脷酥因為形狀像牛的舌頭而得名。

「香蕉糕是一種帶有香蕉味的白色圓條狀軟糕，成分包括糯米粉、粘米粉、糕粉、砂糖和香蕉油。但是，香蕉油並非來自香蕉的天然材料，而是一種有香蕉氣味的無色液體，化學名稱『乙酸異戊酯』，分子式是$C_7H_{14}O_2$，是由異戊醇與乙酸在催化劑存在下酯化而成……」

男班長為大家上了一課化學課後，輪到彤彤分享「黃沙豬潤燒賣」和「鵪鶉蛋燒賣」。

「大家熟悉的『燒賣』，除了街邊的『魚肉燒賣』，就是茶樓的『乾蒸燒賣』。

「『乾蒸燒賣』簡稱『乾蒸』，又稱『蝦肉燒賣』，以切碎豬肉、肥豬肉、蝦肉為主要餡料，用鮮黃色的薄皮包裹，上世紀九十年代開始流行在燒賣上加一點蟹黃作為點綴，但是為節省成本，現多以蟹子取代蟹黃。

「我爺爺和奶奶最愛吃的燒賣，是『黃沙豬膶燒賣』和『鵪鶉蛋燒賣』，前者是在豬肉餡上加上豬肝蒸製而成，後者在燒賣上面加一隻去殼熟鵪鶉蛋，現時已很少茶樓供應，只有一些老茶樓仍然有售。補充一句，豬膶即是豬肝，是豬的肝臟，具有明目、養血、保健的功效，但因為『肝』在廣東話和『枯乾』的『乾』同音，為免不吉利，所以改稱它的反義字『潤』，『豐潤』的『潤』。」

彤彤的中文科加生物科講解後，輪到博文分享「正宗的灌湯餃」。

「正宗的灌湯餃，不是湯浸餃。灌湯餃，顧名思義，就是一隻包裹着豐滿湯汁和餡料的餃子，不是浸在湯裡的餃子。

「灌湯餃的湯，先用火腿、雞骨和豬皮等燉六小時，把食材的骨膠原都熬出後隔渣，然後將精華冷藏一晚變成啫喱狀。但有人會為了貪方便，摻入魚膠粉令湯能快速凝固，這樣只會稀釋了原材料的真肉汁，失去了寶貴的鮮味和膠質。

「凝固了的湯，跟鮮蝦、瘦肉、雞肉、火腿絲、瑤柱絲和冬菇等餡料撈勻，湯和餡是一比一的分量。有些師傅更特別會釀入蟹肉，讓味道更加的鮮甜。

「餃子皮方面，使用高筋麵粉新鮮製作的，才會煙韌好吃，由於餡料十足，皮一定要夠大塊，內厚外薄，內餡才不容易穿透，對摺時邊位也不會太厚身。重點是即叫即包即蒸，蒸餃時更要中途開蓋察看，避免過熱令餃子皮穿破。

「正宗的灌湯餃，皮薄餡多，湯汁豐富，體積比一般餃子大。秉承傳統的食店，例如在灣仔的『留家廚房』，都會在籠裡放有鐵托，當然客人用鐵托提起灌湯餃，放在小碗裡慢慢進食。

「灌湯餃不是湯浸餃！灌湯餃不是湯浸餃！灌湯餃不是湯浸餃！重要的事情要講三次！為了伸張正義，撥亂反正，我已在網上發起『灌湯餃不是湯浸餃』的聯署，大家請多多支持！」

博文聲嘶力竭後，輪到分享女班長莉莉華麗登場！

「我家四大長老有一個香港美食排行榜，在票數相同下，同列榜首的是『八寶鴨』和『鴨腳包』。

「八寶鴨，相傳是乾隆皇帝最愛的菜式之一，源於紹興十大傳統名菜之一的『八寶姑嫂鴨』，其後傳到廣東，再流入香港，上世紀三十年代起成為香港宴會名菜。

「八寶鴨，就是將八種材料塞進去骨的大鴨內，然後隔水蒸至軟身。你會問：究竟是哪八種材料？答案是：金華火腿、鹹蛋黃、乾百合、乾蓮子、花生、紅豆、薏米和糯米，調味料由紹興酒改用蠔油。近年的八寶鴨，除了不可少的糯米和金華火腿，其他材料會改為瑤柱、燒肉、冬菇、蝦米等。

「鴨腳包，就是用特別的方法和材料將鴨腳包起來。你會問：究竟用什麼方法和材料將鴨腳包起來？答案是：一條長長的鴨腸。經驗老到的師傅，用一雙巧手，用長長的鴨腸打幾個圈，將鴨腳、燒鴨、鴨肝和叉燒綑紮起，再以明火烤製而成。

「根據我家四大長老的說法：八寶鴨和鴨腳包，都是快要失傳的香港味道。你會問：為什麼這些有特色的美食會失傳呢？有三個原因。第一，這些都是功序複雜的傳統菜式，現時已經沒有太多酒家的師傅懂得如何製作。第二，就算懂得製作，也未必有耐性，因為這些菜式都是利潤不高，為什麼不煮多幾味更賺錢的簡單菜式？第三，這些都是舊時大排筵席的菜式，大班人一起吃才會特別美味。」

女班長莉莉感性地分享後，其他同學輪流介紹的香港美食，還有：又名「錦繡良緣」的「錦滷炸雲吞」；精選豬肚最嫩滑的末端部位，非常考師傅刀功和手藝的「古法炒肚尖」；以不同麵包作為餡料，加入砂糖混合而成，像「雞尾酒」一般混合不同酒精和飲料調配而成的「雞尾包」；被稱為「菲林」的芝麻卷；外皮香脆、內裡軟滑的「焗蓮蓉西米布甸」；有甜也有鹹，相傳是紀念「女媧補天」的「煎簿鎚」；用薄薄的餅皮包著用麥芽糖拉成的糖蔥，再灑上椰絲和花生碎，然後捲成的「糖蔥餅」；寶石形的糖果，鑲在膠製的圓環上，像戒指戴在手上的「戒指糖」；滾水蛋和白砂糖的茶餐廳經典飲品「和尚跳海」……

然後，輪到笑容燦爛的詠怡說出一個傷感的故事。

「茶粿，是我外公最愛的香港美食，也是在他眼中已經消失了的香港美食。」

「茶粿，又稱茶果，分為粵式和客家茶粿兩大類，皮薄餡多，口感煙韌，主要材料是糯米粉團，當中加入茶葉粉末、艾草、苧麻或雞屎藤搗碎之葉，故此有股特別的清芳香。餡料有甜有鹹，甜餡料主要是豆沙、花生、芝麻或眉豆，鹹餡料通常是眉豆、綠豆、炒豬肉、炒香菇、蝦米或鹹鴨蛋。部分上了年紀的新界圍村人仍會定時自製茶粿，部分街市也仍有售賣。」

「既然部分街市仍有售賣，為什麼在你外公眼中，『茶粿』是已經消失了的香港美食？」慕容老師問詠怡。

「外公最愛吃的茶粿，是外婆獨門秘製的雞屎藤茶粿。一般茶粿都是白色，但雞屎藤茶粿是黑色，所以好特別！另外，雞屎滕葉，可以清熱解毒，因為雞屎藤在農曆三月至清明是『收成期』，所以雞屎藤茶粿又被稱為『清明仔』。外公一直埋怨媽媽沒有向外婆學習怎樣製作『清明仔』，所以，在外婆『賣鹹鴨蛋』後，外公再也吃不到充滿回憶的味道了，只能在夢中回味。」

班房裡隨即陷入一片死寂。

「安妮，下一個輪到妳。」

安妮雖然心知不妙，卻也只好硬著頭皮……

「最疼愛我的爺爺，他說如果有一種香港美食，能夠讓他充滿美好回憶，就只有…『炸油糍』。」

「妳這個可惡的傢伙！妳抄襲我！」

達利立即站起身，大聲指罵安妮。

「我沒有抄襲你！爺爺最想念的香港美食，不只是『炸油糍』，而是『轟轟烈烈的炸油糍』！他還告訴我……」

這次輪到達利大吃一驚。

「妳怎會知道『轟轟烈烈的炸油糍』？外婆說這是她一生中最大的秘密！」

「是爺爺親口告訴我的！」

「妳不用狡辯了！妳一定是擁有超能力，可以聽到別人的心聲，妳平時就是靠這個方法作弊！妳今日就想偷聽我的作業內容拿取高分！」

「你以為自己是什麼人？為什麼我要偷聽你的作業內容？我要偷聽都偷聽成績比你好的男、女班長吧！」

「哈哈哈！我知道了！妳一定是愛上我！」

「嗚——嗚——嘩——！」

含冤莫白的安妮，突然哭成淚人。

慕容老師和其他同學都未能即時反應過來。

達利本來可以及時安撫安妮，他卻選擇火上加油。

「妳已經是超級醜女！哭起來更加醜怪一百倍……哎呀！」

悲憤莫名的安妮，突然離開座位，來到達利面前，一拳轟向他的臉龐！

班房內鴉雀無聲。

※

慕容老師如何解決危機並不重要，重要是事件的突破性發展。

當校方召見達利和安妮的家長後，發現了兩個家族的驚人秘密！

達利的外婆和安妮的爺爺，竟然是青梅竹馬，小時間居住在同一街上！

他們都很喜歡吃同一街邊檔的炸油糍！一起在街邊吃炸油糍，是他們最難忘的快樂回憶。

他們雖然經常見面，卻只是知道對方的名字，其他資訊如居住在哪裡？就讀哪間學校？家中的電話號碼等，完全一概不知。

好景不常，安妮的爺爺突然要搬家，達利的外婆卻突然急病住院，令他沒有機會道別，也沒有時間留下聯絡方法，從此在對方的生命中消失。雖然同在這個城市，但當年資訊不發達，實在比大海撈針更難找到對方。

雖然安妮的爺爺其後有回來嘗試尋找達利的外婆，但作為他們唯一交集的那個炸油糍檔攤，卻在一夜之間不見了！有說這個老闆已賺夠錢回鄉，亦有說這個老闆轉了到另一區的戲院前擺檔，也有說這個老闆在小販隊追捕時遇上交通意外過身……

飄浮人海中，隨歲月成長。他有他的工作，她有她的家庭。雖然無緣再相逢，他們卻仍然懷念對方，「達利」和「安妮」的名字，就是在記憶中對方的名字中取了一個字，作為感情的寄託……

想不到，達利和安妮，竟然有機會成為同班同學，而且是一對歡喜冤家！

想不到，因為達利和安妮的騷動，兩位老人家在老伴都過身後，終於戲劇性地重聚了！

想不到，這段由一件炸油糍開始的「轟轟烈烈的美味情緣」，竟然在數十年後，寫上了完美句號！

至於達利和安妮會否發展出另一段更「轟轟烈烈的美味情緣」，就是另一條仍未有結局，甚至連大綱也沒有的故事線……

【轟轟烈烈的美味情緣】／完

第五章

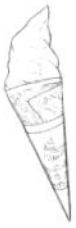

天下無不散之筵席緣

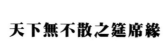

這是他們在餞行後再次人齊團聚。

一起在網上暢所欲言實時分享香港美食。

即使天各一方，仍可以在家中煮出家鄉名菜。

屬於他們的、不能被取代的、回憶中的香港味道。

※

他們分別是大強、偉業、興發與福榮。

在英國的大強、在台灣的偉業、在加拿大的興發、以及仍然留在香港的福榮。

由中學時代開始，他們已經是感情要好的好朋友。雖然如今天各一方，卻在大強建議下，舉行第一次的網上飯聚。

現在是香港時間上午九時多、英國時間半夜二時多、加拿大溫哥華時間傍晚六時多，香港和台灣沒有時差；他們分別正在電腦前吃早餐、宵夜和晚飯……

※

大強：「你今晚竟然食餐蛋麵？」

偉業：「正確的說法，這是『早餐肉太陽蛋麻油味出前一丁』。」

興發：「『早餐肉』？『午餐肉』在台灣有不同的叫法？」

偉業：「朋友，我們是有時差的，這是我的早餐，我早餐吃的肉，當然是『早餐肉』！」

大強：「我當然知道有時差！按照格林威治標準時間，英國是零時區，香港就比英國快八小時，但現在是夏令時間，所以快七小時。」

偉業：「加拿大慢香港十三小時，你那邊現在應該是晚上八時，為什麼仍未日落？」

興發：「加拿大是很大的，冬令時間慢香港十三小時的是多倫多、蒙特利爾和渥太華的時區，溫哥華這邊慢香港十六小時，但現在是夏令時間，所以只是慢香港十五小時，現在是傍晚六時多。」

福榮：「加拿大夏季的日照時間，真的很長，可以一天超過十七小時」

興發：「溫哥華今日大概晚上九時半才會日落，我這餐是由午餐開始，下午茶再加晚餐。」

大強：「英國的天氣就沒有加拿大那麼好了。」

偉業：「心中有太陽，何處不晴天？」

興發：「陽光，不只來自太陽，也來自我們的心。」

偉業：「還有早餐的太陽蛋！」

福榮：「這個太陽蛋，煎得很漂亮！」

偉業：「過獎了！」

福榮：「真的是你的傑作？還是你新認識的女朋友為你煮的？」

偉業：「她經過我的特訓，終於掌握了燶邊太陽蛋的奧秘！」

大強：「噓！作弊！」

興發：「噓！曬命！」

偉業：「我負責煮麵！我有『過冷河』，而且麻油是後加的。」

福榮：「你平時應該多數吃台式早餐吧！」

偉業：「我女朋友喜歡吃『吐司』和『三明治』，即是我們的『多士』和『三文治』，而我喜歡吃『蛋餅』和『燒餅油條』，配豆漿或珍珠奶茶，文青的感覺！」

大強：「一把年紀了！還在裝文青！」

偉業：「我是心境年輕！而且，文青是沒有年齡限制的！」

福榮：「結識到一個年輕又可愛的女朋友，你真的開朗了很多！」

偉業：「來到台灣，遇上我現在的女朋友後，我終於再次相信愛情。」

興發：「夠了！我暫時跟他絕交！福榮，你的早餐呢？不要告訴我是打邊爐！」

大強：「你是第一日認識福榮嗎？你應該問他今日用什麼湯底和材料打邊爐！」

福榮：「今日較為簡單，皮蛋芫茜湯，魚皮餃，門鱔魚蛋，門鱔魚片頭，最後煮了一碗銀針粉。」

興發：「沒有肥牛，怎可以算是打邊爐？你只是煮了一鍋皮蛋芫茜湯門鱔魚湯銀針粉。」

福榮：「就算『只是煮了一鍋皮蛋芫茜湯門鱔魚湯銀針粉』，我也是用打邊爐的心態來煮的……」

偉業：「我們快轉話題！他一講打邊爐就停不了！」

大強：「福榮，看著我！你猜猜我的宵夜吃什麼？」

福榮：「有人說，在英國只有食薯仔！你食茶餐廳的波浪薯條，配炸魚？」

大強：「哼！你以為英國只有炸魚薯條？你以為來到英國一定要食薯仔？」

福榮：「我看過網上的介紹，英國的代表食物，除了炸魚薯條，就是烤牛肉與約克郡布丁！」

大強：「在家烤牛肉，完全沒難度，但是約克郡布丁就不簡單了！」

偉業：「約克郡的布丁，很複雜的嗎？」

大強：「你以為約克郡布丁是一般的甜品布丁嗎？錯了！約克郡布丁的英文是『Yorkshire Pudding』，這是一種用麵粉、牛奶、雞蛋混合的麵糊，放入燒燙的烤盤中製作而成，所以又名『Batter Pudding』，麵糊的布丁。多數用來搭配烤牛肉、蔬菜、薯仔等，外型類似杯狀，中間凹陷，外皮香脆，內部的麵糊卻十分軟嫩，味道有點鹹，多數搭配烤牛肉和醬汁，一起作為正餐食用，飽肚又美味！」

興發：「我們的要求是在家中煮出香港的『家鄉名菜』！難道你準備了香港茶餐廳的『All Day Breakfast』？」

大強：「來到英國，我才知道，英國是沒有『All Day Breakfast』的，他們堅持稱之為『English Breakfast』。」

福榮：「我看過網上的介紹，『All Day Breakfast』的起源眾說紛紜，有說是源自睡到日上三竿的英國貴族們常到的俱樂部，以及英國中產家庭在周末的早餐聚會，亦有說是英國人為逃避戰火的歐洲房客所提供的全天候式早餐，香港的『All Day Breakfast』，是隨英國傳入的西方飲食文化之一」

大強：「過去我們在香港吃的所謂『All Day Breakfast』，很多都不正宗！」

福榮：「正宗的英國早餐，必須要有『黑布丁』。」

偉業：「『黑布丁』？黑色的布丁？」

大強：「『黑布丁』的英文是『Black Pudding』，但其實並不是布丁，而是英國和愛爾蘭的一種血腸，用豬血加入豬油，混入內臟和碎肉、燕麥或其他穀物所做成的。」

偉業：「我知道了！外表看起來黑黑的，就像台灣的豬血糕。」

大強：「一頓豐盛的英式早餐，包括：底部劃了十字的烤番茄、炒蛋或煎蛋、香腸、黑布丁、煙肉、蕃茄豆、蘑菇等，配多士，搽牛油和果醬。飲料以橙汁作為代表，亦有咖啡或茶，但最正宗是配一杯由印度阿薩姆、斯里蘭卡和肯亞出產的茶葉混合而成的『英式早餐茶』。」

福榮：「我開始好奇了！究竟你今晚煮了什麼香港美食？」

大強：「大家都看到嗎？」

偉業：「燒鵝髀？！」

大強：「這是燒鴨髀！」

興發：「這麼大隻的燒鴨髀？你從哪裡買回來？」

大強：「不是買回來的，是我由親手燒和親手切的！」

偉業：「你在家中自製燒味？不要告訴我你是用氣炸鍋！」

大強：「要食到好味的燒味，一定要用炭爐！」

興發：「你家中竟然有炭爐？比我更厲害呀！」

大強：「其實是我鄰居在車房有一個傳統炭爐，他說是從香港帶過來的。他一直有做街坊生意，我經常幫襯他買燒味，大家混熟了，我就問他借用來自製燒味。」

福榮：「用炭火燒烤的燒味，保留傳統風味，特別美味！」

偉業：「你是有心向我炫耀，所以特別在今日自製燒鴨！」

大強：「還有叉燒！今日我在他從旁指導下，燒鴨夠入味，厚肉又有肉汁，絕對是水準之作！可惜叉燒肉偏瘦，略嫌不夠肥，如果更多麥芽糖味就會更理想！」

興發：「你一隻燒鴨食兩餐？」

大強：「我特別留一隻左髀做宵夜，配威士忌，你們是否又羨慕又妒忌？」

偉業：「叉鴨飯而已，有什麼了不起？」

大強：「你錯了！今晚我們食叉鴨瀨！我將出爐燒鴨帶回家，原隻鴨自己斬件，手起刀落，老婆都讚我合格！瀨粉是從網上雜貨店購買的，湯底是用雞粉和大地魚粉加兩滴魚露，已經非常香濃，加上燒鴨滲在湯裡的鴨油，好好味！配一碟蠔油生菜，簡直是完美！」

偉業：「為什麼不吃燒鵝？」

福榮：「在英國吃鵝是犯法的！」

偉業：「竟然？！」

大強：「英國所有野生天鵝都是屬於女王，除了女王誰都不能吃。」

興發：「原來『事頭婆』才是真真正正的『燒鵝大王』！」

偉業：「之前以『事頭婆』命名的新地鐵通車，你有去趁熱鬧嗎？」

大強：「我們一早由雷丁出發，坐『伊利沙白線』去倫敦玩了一天！當日真的很熱鬧，我們在西區看了半場歌劇才回家。」

福榮：「兒子住在寄宿學校的父母，果然特別任性！」

大強：「你知道寄宿學校的學費多昂貴嗎？還是興發兩個女兒厲害，可以拿到獎學金！」

興發：「香港的填鴨式教育，也不是沒有好處！她們的數學在香港只是一般，來到加拿大竟然名列前茅！我女還代表學校參加數學比賽，真的令人難以想像！」

大強：「我也難以想像，我們差一點就可以看見『事頭婆』。」

偉業：「『事頭婆』出席的大型慶祝活動，竟然沒有封區？」

大強：「沒有。」

興發：「沒有『水馬陣』？」

大強：「都沒有。」

偉業：「沒有要求你們肅立唱國歌？」

大強：「只是以『事頭婆』命名的新地鐵線通車，又不是『事頭婆』登基慶典！就算真的要唱，我也不懂得唱！」

興發：「罪該萬死！我們這些前殖民地的餘孽，竟然都不懂得唱英國國歌！」

偉業：「港英政府實在太放縱我們了！身為英國海外屬土的蟻民，竟然不用向英女王敬禮，入戲院看電影時，也不用起立唱英國國歌，每日上課前，學校亦不用升起英國國旗、播放英國國歌。」

大強：「即使每晚電視台播放結束，都只是播出《主祐女王》的音樂，並沒有歌詞。」

偉業：「我記得第一句歌詞是『個個揸住個兜』。」

大強：「這不是歌詞，只是開場音樂的幾個音，第一句歌詞是『God Save the Queen』。」

興發：「『God Save the Queen』是歌名，第一句歌詞，是『God save our gracious Queen』呀！」

大強：「好彩『事頭婆』不會因為我『侮辱』國歌而拉我坐監。」

偉業：「你現在不是正在坐『移民監』？」

大強：「『坐監』可以這麼自由自在嗎？我這個周末將會上蘇格蘭，去一間著名威士忌酒廠，品嚐他們最新出品的威士忌！」

偉業：「這個周末，我和女朋友落墨丁，享受陽光與海灘！」

興發：「夠了！我再次和你絕交！」

福榮：「興發，你的晚餐應該很豐富吧！」

興發：「登登登凳！各位觀眾，世上最殘忍的食物！」

偉業：「你竟然在家裡煮煲仔飯？」

興發：「這不是一般的煲仔飯，這是全加拿大最好味的真正港式煲仔飯呀！」

福榮：「最好味？你用了什麼好材料！」

興發：「一個字：『火』，這是正宗炭火煲仔飯！」

偉業：「你們一個食炭爐燒味，一個食炭火煲仔飯，太過份了！」

興發：「今日天氣非常好！我和兩個小公主，陪皇后一起在後園BBQ，一邊燒雞翼，一邊煲仔飯，我還開了一瓶紅酒。」

偉業：「好幸福！好浪漫！這樣才是人生！」

福榮：「燒雞翼～我鍾意食～」

大強：「但係你老母講你就快釘！」

福榮：「越係快釘之所以越要整多隻，如果而家唔食，以後無機會再食。」

大強：「你真係就快釘？」

福榮：「我真係就快釘！」

大強、福榮合唱：「如果而家唔食以後無機會再食。」

興發：「喂呀！錯重點呀！今日的主角是煲仔飯呀！」

福榮：「請問，除了炭火之外，還有什麼好材料呢？」

興發：「一個字：『米』，這是用泰國絲苗米來炮製的正宗炭火煲仔飯！」

大強：「泰國絲苗米既乾身，又有豐富的米香，絕對是煲仔飯的首選！」

偉業：「我們香港人都是吃泰國米長大的，這樣才是正宗港式煲仔飯！」

大強：「水和米的比例，是一比一的黃金比例？」

興發：「這個是定律呀！」

福榮：「請問，除了炭火和泰國絲苗米之外，還有什麼好材料呢？」

興發：「一個字：『煲』，這個我由香港帶來的瓦煲，受熱均匀，煮出來的煲仔飯特別美味！特別香噴噴！」

偉業：「你遲遲不講有什麼材料，我懷疑只是最普通的臘腸煲仔飯，而且是用加拿大出產的臘腸。」

興發：「普通的臘腸煲仔飯？你太小看了！登登登凳！各位觀眾，全加拿大最好味的真正港式煲仔飯——滑雞斑點蝦鵝肝膶腸煲仔飯！」

大強：「加拿大卑詩省最出名的斑點蝦？」

興發：「五月初，我們參加『溫哥華斑點蝦節』時，直接從漁民那裡訂購的野生斑點蝦！鮮甜香滑，肥美彈牙！所以『食過返尋味』！」

偉業：「我反而對『溫哥華斑點蝦節』更有興趣。」

興發：「這是溫哥華的年度盛事，在市中心『固蘭湖島』旁邊的『漁人碼頭』舉行，現場有樂團表演，還有其他免費娛樂和兒童活動，大家可以一起享受在現場烹煮的斑點蝦，有烤蝦、有刺身、有壽司、也有煮成海鮮湯，配溫哥華 No.1 烘焙坊 Terra Breads 的麵包，還可以品嚐卑詩省出產的葡萄酒。雖然天公不造美，下著滂沱大雨，但我們不用排隊，在每個攤檔都可以逗留較長時間。現場還有溫哥華著名廚師的烹飪示範和試食，我們竟然看見 Tojo San，即是發明加州卷的日本料理大師東條英員，用日本腔的英文講解如何將斑點蝦煮得更鮮甜美味，我們當日更吃到他親手製作的北極光卷。」

偉業：「北極光卷？」

興發：「英名是『Northern Night Roll』，是 Tojo San 另一款自創的壽司卷，話說 Tojo San 有一次旅行北國，看見了北極光後，回來仍然感受非常深刻，因而創作出這款北極光卷。特別之處，並不是用紫菜，而是用青瓜薄片來包壽司，這些青瓜都是由 Tojo San 自家栽種，故此特別有味道，壽司卷的材料有野生斑點蝦天婦羅、芒果、牛油果等，口感非常清新！加上可以即場欣賞到 Tojo San 將青瓜切出像紙一般薄的厲害刀功，真的不枉此行！」

福榮：「聽到已經流口水！你們吃了很多斑點蝦嗎？」

興發：「我們從漁民購買了生猛的斑點蝦，皇后喜歡吃海鮮，她吃得比我多！她笑說，在這一天之內，差不多吃了過去兩年的蝦！」

偉業：「太好了！她終於有食慾了！她晚上睡得好嗎？」

興發：「自從來到加拿大，她的情緒終於穩定下來了，但她仍然不敢坐地鐵……」

偉業：「對不起。」

興發：「你不用道歉。」

偉業：「我剛才不應該提出有關地鐵的話題。」

興發：「有很多問題，我們不可以避免，必須努力去面對！」

福榮：「她現在仍需要吃藥嗎？主診醫生怎樣說？」

興發：「PTSD，創傷後遺症，不是一時三刻可以痊癒的。我們很幸運，皇后的醫生是香港人，大家同聲同氣，也明白皇后的壓力源頭，但他建議不要太依賴藥物，反而『食物治療』會更有效。」

大強：「所以你拋棄了兩個公主，和她一起去了『斑點蝦節』？」

興發：「她們的適應能力比想像中厲害，她們已有自己的生活和朋友！」

福榮：「你選擇移民是正確的，可以多點時間陪嫂子。」

興發：「我除了預約了一個月後在Tojo’s的Omakase，還特別託人在香港代我換購了姜濤的精品，打算在結婚紀念日時，給她一個驚喜！」

偉業：「她來到加拿大後，愛上了姜濤？」

興發：「她在香港時，已經是『姜糖』！」

大強：「原來你也是『前夫』！我老婆都好喜歡他的《Dear My Friend,》！」

興發：「是姜濤和其他『鏡仔』的歌，陪皇后捱過最困難的日子……你們應該不知道，『鏡仔』在加拿大好受歡迎，好多歌曲都是『加拿大至 HIT 中文歌曲排行榜』的 No.1！」

福榮：「嫂子喜歡姜濤，你為她準備的姜濤精品，絕對比任何藥物更有效！」

興發：「美食是良藥，煮食是治療。我們都已『退休』了，我和她平時在家裡也會一起煮食，煮出不同的香港美食。」

大強：「就像這一煲滑雞斑點蝦鵝肝膶腸煲仔飯？」

興發：「煲飯時，我有點懷念香港的赤米蝦！白灼一流！用來煮煲仔飯，可能都會更好味！」

福榮：「說起赤米蝦，我們之前用赤米蝦來打邊爐的那間火鍋店，已經光榮結業了……」

偉業：「近期有很多我們曾經留下不少腳毛的食店，都先後關門大吉。」

大強：「很快，在香港真的『冇啖好食』！」

興發：「有人說，當年的九七移民潮，很多師傅移民到加拿大，所以加拿大保留了『香港的味道』。」

偉業：「廚師固然重要，但食材也很重要，你知道嗎？台灣的港式燒賣，竟然放了三色豆！」

興發：「地獄級創意料理呀！」

福榮：「你用什麼雞來煮煲仔飯？」

興發：「我從農場購買了健康的走地雞，無激素，無基因改造，連餵飼用的蔬菜穀麥都經過嚴格監控，確保無農藥和無除草劑穀物，食得安全又放心。」

偉業：「味道如何？」

興發：「味道可以，但雞皮的油脂不夠……」

福榮：「這是『健康的走地雞』，大家都不再年輕了，要吃得健康一點！」

大強：「越邪惡，越快樂！『辛苦搵來旨在食』，我們都是辛苦搵食的香港人！」

偉業：「邪惡的鵝肝膶腸，足夠快樂到死了！回答我剛才的問題！你一定是用加拿大出產的臘腸！」

興發：「我略嫌加拿大出產的臘腸不夠酒香！為了這煲色香味俱全的煲仔飯，我用了由香港帶來的最後一孖鵝肝膶腸！」

福榮：「真的辛苦你了！需要我為你在香港代購嗎？」

興發：「好呀！如果可以，我還需要廖孖記腐乳！我想炒椒絲腐乳通菜給皇后食！」

大強：「廖孖記腐乳，我這邊有啊！」

福榮：「你帶著廖孖記腐乳移民英國？」

大強：「英國有很多售賣亞洲食品的超級市場，我就是在這幢買到廖孖記腐乳。聽說廖孖記是選用來自加拿大的有機黃豆，以確保製作出最優質的腐乳，加拿大應該有售吧！」

興發：「但有不少是大陸的假貨！竟然一瓶不用十元港幣，1.28 加幣就可以買到！」

福榮：「希望這是真的腐乳，只是換上了假招紙！」

偉業：「既然有假雞蛋，假腐乳也不是沒可能呀！」

興發：「即使來到加拿大，也不是百分百的安全……」

福榮：「果然，『最危險的地方，就是最安全的地方』。」

偉業：「古龍，《三少爺的劍》。」

大強：「香港現在不是全中國、全世界、甚至全宇宙最安全的地方嗎？」

福榮：「當然！『這是最好的時代，也是最壞的時代』。」

偉業：「狄更斯，《雙城記》。」

大強：「等等！這不是《無間道II》嗎？」

興發：「倪永孝，『出得嚟行，預咗要還！』」

福榮：「過去的香港，只是『借來的地方，借來的時間』。」

大強：「現在的香港，我真的不知道怎樣形容……」

興發：「無論是過去或現在，最緊要『今朝有酒今朝醉』。」

福榮：「所以不要為明天憂慮，因為明天自有明天的憂慮，一天的難處一天當就夠了。」

偉業：「《聖經》，新約《馬太福音》六章三十四節。」

大強：「現在的香港，仍然是我們的熟悉的香港嗎？」

福榮：「香港，一直是在轉變中。」

興發：「問題是變好？或是變壞？」

福榮：「變好 or 變壞？To Be or Not To Be？一切都是相對的。」

大強：「感覺是相對，數據卻是絕對，大家都有目共睹。」

福榮：「但有人說，在英國只有『劣食』，只能食薯仔。」

大強：「如果你用香港的標準，英國有很多食物都可算是『劣食』，但薯仔是英國人的主要糧食，便宜，熱量高，美味又飽肚，等於多數香港人眼中的米飯。需知道薯仔在英國有各式各樣的食法，煎、炒、煮、炸、烤、焗、燉、煲湯、沙律，簡直是應有盡有，沒有你煮不到，只有你想不到，我下次打算挑戰『蘭開夏羊腩煲』。」

偉業：「蘭開夏道的羊腩煲？麻甩中，帶點浪漫的感覺！」

大強：「『蘭開夏羊肉鍋』，英文是『Lancashire Hotpot』，正是九龍塘蘭開夏道的那個蘭開夏，這是英國西北部的傳統菜餚，在鍋中放入炒到半熟的羊肉塊，以及爆香了的洋蔥和紅蘿蔔，加入上湯、麵粉等材料一起燉煮，拌勻後將切成薄片的薯仔鋪在料上，放入烤箱裡烘烤，我打算改用羊腩，而且放在砂煲裡，是『蘭開夏羊肉鍋』的改良版！」

福榮：「某些人沒有說錯，在英國真的主要是食薯仔……」

大強：「哼！就算是炸魚薯條，都有不同口味的調味醬料，薯仔在英國充滿了無限可能性，貴有貴的食法，窮有窮的食法，最重要是你可以選擇，並非只是『三等公民』的『劣食』！」

福榮：「其實，我們在香港，一直都是『三等公民』。」

興發：「『等辭工，等賣樓，等移民』？」

大強：「應該是『返工等放工，月尾等出糧，每年等升職加薪』。」

偉業：「現在還有『升職加薪』？『升職』可能會，卻只有『加辛』，『辛苦』的『辛』！」

福榮：「現在的『三等公民』，是等發放消費卷，等用完消費卷，等再發放消費卷。」

興發：「你還在等什麼？」

福榮：「等運到。」

興發：「不好笑！」

福榮：「或許，我是等一個機會……」

偉業：「快來台灣吧！我叫我女朋友為你介紹年輕台妹！」

福榮：「代我多謝你的女朋友！我早前在網上看見一張有趣的相片，相片內有一個宣傳牌，介紹一間賣小籠包的小店，店名『國立小籠包大學 附設豆漿研究所』。」

大強：「這麼搞笑？」

興發：「是改圖吧！」

偉業：「在台灣的嗎？怎麼我完全沒有印象？」

福榮：「我上網搜尋後，發覺應該真的有這間店，地址是『616 台灣嘉義縣新港鄉古民街 35 號』。」

偉業：「如果真有其店，為了這個店名，我真的有興趣，和女朋友一起去幫襯。」

大強：「去這個宣傳牌前打卡合照，應該會有很多 like！」

福榮：「更有趣是宣傳牌上的小字：『一大粒冰淇淋三星主廚 蕃王製作』，而這位主廚的留學經歷，是『日本（找到田）大學麵粉研究所碩士』。」

興發：「『找到田』？是『早稻田』的諧音？」

大強：「這個『麵粉研究所碩士』，對比那些在野雞大學買學位的假博士，應該更有認受性！」

福榮：「既然台灣有這間『國立小籠包大學』，我也考慮在香港開一間『國立打邊爐大學』！」

興發：「你在大學的工作呢？」

福榮：「我已遞交了辭職信。」

大強：「這麼突然？」

福榮：「院長沒有挽留，還如釋重負。」

偉業：「若不是你受學生歡迎，他早想將你趕走！」

興發：「你打算轉另一間大學？但現時香港的大專院校……」

福榮：「雖然已一把年紀，我決定追尋夢想！」

大強：「等等！你不會是準備接手那間結業了的火鍋店吧！」

福榮：「我已分別跟老闆和業主見了面，情況是樂觀的。」

興發：「你這個時候創業，會否太冒險？」

福榮：「我選擇留下來，不是更冒險嗎？」

偉業：「說真的，我一直以為你是第一個離開香港！」

福榮：「以你的條件，買一張機票，就可以隨時離開！」

興發：「你賣了樓，有足夠現金在手，適合投資移民呀！」

大強：「等等！離婚手續仍未辦妥嗎？」

福榮：「她回了上海，我們都交由律師處理。」

偉業：「幸好你們沒有子女……」

福榮：「如果有子女，我們也許不會選擇離婚；如果有子女，我也許真的會選擇離開。」

興發：「你們尚算和平分手，不用打官司，你可以隨時離開呀！流浪去天涯海角也不是問題！」

福榮：「我想留在香港，做一些只有我可以做到的，有意義的事情。」

大強：「開火鍋店，有意義嗎？」

興發：「就算你要開火鍋店，也不用接手那一間呀！」

偉業：「這樣比由零開始，更節省時間和金錢，也許還有一班熟客會支持！」

福榮：「我打算找回現時的員工，加一些需要工作的年輕人！你們幫我想一想，如果我真的將火鍋店命名為『國立打邊爐大學』，附設什麼研究所好呢？」

大強：「為什麼不用回現在的店名？」

福榮：「我不想『掛羊頭賣狗肉』。」

興發：「對！既然已易手，就不再是從前那間店了！」

偉業：「一切都已改變了！跟從前不一樣了！」

興發：「問題是變好？或是變壞？」

福榮：「變好 or 變壞？To Be or Not To Be？一切都是相對的。」

大強：「『雞煲研究所』？『羊腩煲研究所』？還是『盡地一煲研究所』？」

興發：「打邊爐一定要有肥牛，當然是『手切肥牛研究所』啦！」

大強：「你要搞清楚一個很重要的問題！『國立』是指哪一國？」

福榮：「元朗。」

興發：「不好笑！」

偉業：「安全一點，刪掉『國立』兩個字，店名叫『打邊爐大學』吧！」

大強：「等等！『盡地一煲』更適合作為火鍋店的店名啊！」

福榮：「『盡地一煲』？嗯，我們都沒有退路了！有意思！」

興發：「其實，你不用『盡地一煲』的！」

福榮：「不用『盡地一煲』的話，用『爆煲』作為店名也不錯！」

大強：「你如果真的想開火鍋店，我建議你來英國！」

興發：「加拿大也可以。」

偉業：「台灣的話，競爭會較為激烈，但我對你有信心！」

福榮：「當然，我不一定要開火鍋店，但我喜歡打邊爐，而且，我想保留屬於香港的味道，屬於我們的味道。」

大強：「這樣的話，店名應該是『打邊爐博物館』。」

興發：「這個店名可以！每位客人的茶芥收費，就改為『入場費』。」

大強：「記得每位客人給他們準備一張『入場券』！」

興發：「印刷要非常精美，既可以拍照留念，更可以用作抽獎券！」

偉業：「我突然想到一個非常惡搞的名字：『打邊爐家族』！」

興發：「大吉利是！霸氣一點，叫『打天下』[1]啦！」

註1：《打天下》是ViuTV於2020年4月13日至5月8日播放，香港史上第一部以空手道為題材的電視劇，並前往日本沖繩拍攝外景。

偉業：「再霸氣一點，叫『天下第一樓』[2]！」

大強：「『天下第一樓』是賣烤鴨的！文雅一點，我建議『金風細雨樓』[3]！」

偉業：「你們看得太多電視劇、舞台劇和武俠小說了！既霸氣、又文雅、而且代表香港文化，一定是『斷水樓』！」

興發：「斷了水流，更加大吉利是！」

大強：「你以為福榮是『斷水流大師兄』[4]嗎？」

偉業：「『抽刀斷水水更流』！代表香港人源源不絕的生命力！」

興發：「下一句是『舉杯消愁愁更愁』呀！」

大強：「你去了台灣，為什麼中文完全沒有進步？」

註2：《天下第一樓》是香港話劇團的著名舞台劇，由何冀平編劇。

註3：「金風細雨樓」是武俠小說作家溫瑞安在《說英雄誰是英雄》系列中虛構的一股江湖勢力。

註4：「斷水流大師兄」是周星馳主演的香港喜劇電影《破壞之王》（1994）中由林國斌飾演的反派角色。

偉業：「因為我和女朋友主要是用廣東話和日文溝通的。」

福榮：「我想到了！既霸氣、又文雅、而且代表香港文化，可以考慮『榮福樓』[5]……」

※

最後，這一餐竟然吃了超過三小時！直至興發要照顧太太吃藥和就寢……他們在依依不捨但愉快的氣氛中道別，就像昔日放學後在福榮位於福榮街的唐樓家中玩耍一樣……

註 5：「榮福樓」出自香港商業電台「叱咤 903」於 2003 年播放的 20 集廣播劇《仙樂都》，故事主角是一名流落香港的外星人「莫史迪」，他希望重返太空的「仙樂都」，於是在香港建立一座名為「榮福樓」的大廈，當香港充滿正能量，便可上升，否則便會下沉。聲演「莫史迪」的是天皇劉德華，網上曾流傳劉德華本名「劉福榮」。

※

即使天下無不散之筵席，
他們仍可以定期在網上分享香港美食。
即使天各一方，仍然可以煮出至愛的香港美食。
這都是屬於他們的、不能被取代的、回憶中的香港味道。

【天下無不散之筵席】／完

第六章

香港本土美食擬人化 NFT 企劃

學科名稱：新媒體經濟學
論文題目：如何借助新媒體的發展機遇保存香港飲食文化
學生姓名：XYZ
學生編號：ABC123456

【緒言】

全世界第一則 Twitter 推文，以 250 萬美元的天價賣出，這對於很多人來說，絕對是難以理解和想像！引爆這則交易的背後關鍵，就是三個英文字母：NFT。

身處「元宇宙」新世代，我們必須趕上 NFT 的熱潮，而最能夠在云云 NFT 的藝術品中脫穎而出的，正是由香港著名的漫畫家或插畫師，將香港本土美食擬人化，演化成為不同類型和屬性的可愛角色，進行《香港本土美食擬人化 NFT 企劃》，將香港飲食文化保存，並且發揚光大同時，更可以獲取豐厚利潤。

本文將會從新媒體經濟學的角色，探討 NFT 的獨特性和發展趨勢、研究借助 NFT 推廣香港飲食文化的可行性、參考對同類案例、以及對本企劃進行「強弱危機分析」，嘗試實踐「禮物理論」（GIFT Theory），給合「政府、業界、學界、民間」四個範疇的資源，策劃出平衡各界意見和利益，而且符合成本效益的嶄新項目。

【什麼是 NFT？】

NFT 全稱是 Non-Fungible Token，中文翻譯是「非同質化代幣」。

在了解 NFT 之前，我們必須先搞清楚一個問題：什麼是「同質化」？

「同質化」最簡單的例子，就是我和你手上同樣都有十塊錢，我把手上的十元硬幣和你錢包裡的十元鈔票交換，兩者的價值都沒有發生變動，都是一樣能夠買十元一注的六合彩。

「非同質化」就不同了，就像在 2022 年英女皇伊利沙伯二世登基七十周年發行的白金禧紀念幣，它的價格與價值是會隨著時間、情境等等因素而浮動的！我們購買了這些紀念幣，不保證它會價格上升，可能會價格不變，亦可能會價格下跌。NFT 的本質，就是一直在變動。

另一方面，NFT 是一種代幣，不是能拿來直接交換的貨幣。這概念類似我們進入遊樂場所購買的入場卷，這張入場卷代表我們進入遊樂場的指定園區內玩樂的所有權，這資格只屬於擁有這張入場卷的我們。這張入場卷在我們手上，大家都看得到、也摸得著，卻只有我們擁有它，別人沒有。

故此，NFT 可以比喻為一種我們獨自擁有的紀念幣，可以拿去藝術市場，或有交易的場所進行拍賣。我們把所有權轉讓給別人後，可以獲得一定收益。這種 NFT 數位藝術品都公開在網路上誰都看得到，只是所有權人改變了，跟真實的硬幣、或傳統的藝術品，是不同的。

近年越來越多藝術家透過這種 NFT 形式轉為加密藝術（CrytoArt），像是刻在藝術品上的所有權狀，再把這個權狀放在區塊鍊上出售。我們任何人只要註冊會員都可以自行「鑄造」作品。

然而，鑄造 NFT 並不是免費的，這個手續費共不是以大家熟悉的流通貨幣來支付，而是以「虛擬貨幣」以太幣（Ether）來支付。以太幣是以太坊區塊鏈的數值憑證（value token），可以在以太坊網絡上繳付交易及運算服務費用時使用。

【NFT的機遇和風險】

非同質化代幣（NFT）快速崛起，造成市場一陣狂熱，究竟有何魅力可以迅速擄獲大眾的芳心？只是近期NFT歷經暴漲暴跌走勢，但交易件數仍相對穩定，究竟是潛在商機？或只是泡沫現象？

非同質化代幣（NFT）可代表一個獨特的數位資料，像是畫作、音樂、遊戲，甚至是一則社交媒體上的貼文，任何數位形式的創意作品，包括過去容易複製和另存的數碼檔案，現在透過NFT就能夠具備所有權認證。透過NFT的獨有技術加持，任何數碼作品都被烙上獨一無二的印記，可以簡單容易被驗證或證明誰是合法擁有者。

隨著NFT近年成為不少人的投資物品，很多不法分子透過各種方式攻擊NFT系統中的不同環節，以盜取他人NFT資產甚至加密貨幣。香港電腦保安事故協調中心（Hong Kong Computer Emergency Response Team Coordination Centre，簡稱：HKCERT）揭示了三大攻擊手法，以及指出進行 NFT 交易時須留意八大重點。

HKCERT 表示，大部份涉及 NFT 的網絡攻擊都是圍繞用家及交易平台，主要可分為以下三類：

一・網絡釣魚

二・NFT 平台保安漏洞

三・假冒或侵權作品

（詳細內容見附件一）

HKCERT 針對 NFT 交易，提出八個需要留意的地方，詳細內容見附件二。

總而言之，簡單如網上購物都存在風險，買賣 NFT 又怎會沒有風險呢？

至於如何減低買賣 NFT 的風險？有專家指出有以下三個方法：

一・了解 NFT 團隊資料

二・留意 NFT 的交易量

三・尋找 NFT 價值的虛實

（詳細內容見附件三）

【與飲食有關的 NFT 案例研究】

案例一：

早在 2021 年開始，美國各大速食業者已紛紛進入 NFT 世界，當中最早開展 NFT 業務的是墨西哥速食店連鎖餐廳 Taco Bell。

Taco Bell 於 1962 年 3 月 21 日在美國加利福尼亞州，由 Glen William “Taco” Bell Jr. 創立，在 2021 年 3 月慶祝成立 59 週年時，開始發售 5 款 GIF 的 NFT，作為收藏之用，並且將全數所得捐給基金會。

2021 年 9 月，美國 Burger King 推出遊戲道具 NFT，讓消費者闖關玩遊戲，如果獲勝，可以換取漢堡包。

2021 年 11 月，McDonald's 為了紀念 McRib 肋排堡 40 週年，推出 NFT 畫作，但 McDonald's 並沒有販售此產品，而是在 Twitter 抽獎活動中選出 10 位幸運兒，然後贈予他們。McDonald's 表示：「只要擁有肋排堡 NFT，你永遠也不用跟你最愛的食物道別。」

上述各大速食品牌初期的策略，並非大量販賣 NFT，或是獲得 NFT 直接經濟回饋，而是主要作為宣傳之用，透過抽獎或有限的販售帶動討論與注目，成為行銷獎勵機制的其中一環。

案例二：

屹立台北師大夜市逾三十年的「師園鹹酥雞」，2021年11月27日在NFT平台OurSong推出全世界第一家鹹酥雞店，推出《師園鹽酥雞Shiyun fried chicken shop》系列NFT，共有八款菜色，分別是炸魷魚、杏鮑菇、香菇、全世界第一個鹹酥雞（紅、黑、黃）、四季豆和花椰菜。

只要購買NFT並轉手後，該NFT每轉手交易一次，買家就可以憑交易紀錄到店兌換食品，例如買了一份NFT雞排，就可以到店內兌換一份雞排來吃，只要有轉手過的人都可以兌換。

八款菜色的起標價為1OSD（相當於1美元），但發行量各有不同：炸魷魚100個、杏鮑菇80個、香菇80個、全世界第一個鹹酥雞（紅、黑、黃）各100個、四季豆500個、花椰菜100個。價格的升幅也各有不同，當中最厲害的是全世界第一個鹹酥雞（紅），上架24小時後而大漲13,400%。

案例三：

2022年5月，負責經營及管理「譚仔雲南米線」及「譚仔三哥米線」兩個米線專門店品牌的連鎖餐廳營運商香港上市公司「譚仔國際」（香港聯交所上市編號：02217）公布進軍The Sandbox元宇宙，並於6月19日公開發售首個慈善NFT系列「Souper Hero」後，首輪及第二輪優先預售高達6倍超額認購。

該集團其後宣布，「Souper Hero」NFT項目正式展開第二階段，於6月28日公開拍賣20個珍稀極罕的特別版NFT，成功競投者可獲1年365碗免費兩餸米線（每日一碗），以及可於譚仔或三哥舉辦私人聚會「Souper米線派對」的機會，附5,000港元餐飲消費額，總值超過20,000港元。

凡於拍賣前成功持有譚仔NFT「Souper Hero」的人士，即可以參與6月28日於官方交易平台Artzioneer舉行的公開拍賣，競投總數共20個的「Souper Hero」特別版NFT，分別由本地漫畫家甘小文和黃照達設計的「三哥人物系列」和各10個。每個「Souper Hero」特別版NFT拍賣底價為2,000港元，以法定貨幣進行公開拍賣，每次叫價港100元，價高者得，亦可以一口價20,000港元直接購入。

這次「Souper Hero」慈善 NFT 項目的所有收益，扣除成本後將全數捐贈予香港藝術中心的「埋嚟學 Out of the Cube」計劃，以培育本地更多數碼藝術家，促進數碼藝術的長期培訓和教育。

探討了 NFT 的獨特性和發展趨勢，再參考以上三個國家地及地區的 NFT 案例，借助 NFT 推廣香港飲食文化，絕對是大有可為。

【借助 NFT 推廣香港飲食文化的「強弱危機分析」】

NFT 項目的五大重點：

一・原創性

二・稀有性

三・藝術性

四・投機性

五・品牌價值

（詳細內容見附件四）

以下是借助 NFT 推廣香港飲食文化的「強弱危機分析」（SWOT Analysis）：

一・借助 NFT 推廣香港飲食文化的優勢（Strengths）
NFT 去中心化。使用 NFT 交易更快捷、更方便。將香港豐厚的飲食文化結合 NFT 熱潮可以達至「一加一大於二」的效應。

二・借助 NFT 推廣香港飲食文化的劣勢（Weaknesses）
暫時只針對某一類的投資者。大眾對 NFT 及虛擬貨幣認識不深，甚至存在不少誤解。NFT 隱含不成熟的科技。

三・借助 NFT 推廣香港飲食文化的機會（Opportunities）
NFT 面向全世界，可以在短時間內接觸不同國家和地區的投資者，有助推廣香港飲食文化。

四・借助 NFT 推廣香港飲食文化的威脅（Threats）
NFT 面向全世界，投資者同時接觸到不同國家和地區的藝術品，將會有比想像中更多的競爭對手。

（詳細分析內容見附件五）

【如何結合「政府、業界、學界、民間」的資源？】

正所謂「賣得出是 NFT，賣不出的只是 JPG」，為了有效地開發 NFT 項目，需要好好實踐文化創意產業發展的其中一個重要理論——「禮物理論」（GIFT Theory）。

「禮物理論」（GIFT Theory）的重點在於四個英文字母：G、I、F、T。精髓是有系統地結合政府（Government）、業界（Industry）、民間（Folk）和學界（Tutorial）的資源，發揮各自的才能（Gift），共同創造出更多的優秀作品（Gift）。

如果《香港本土美食擬人化 NFT 企劃》只是單純的賺錢項目，一定不會得到多數人及長時間的支持，如果這是一個慈善項目，像 Taco Bell 將全數所得捐給基金會，「譚仔國際」的 NFT 項目和香港藝術中心合作，將會得到更廣泛的認受和支持。

為了將香港飲食文化保存，並且發揚光大，香港政府必須投入大量資源，在全世界協助推廣！參考「創意香港」的「電影發展基金」，成立暫名「香港本土美食發展基金」，善用香港納稅人的金錢，承傳「回憶中的香港味道」，並且成為不只是香港的集體記憶。

建議參與《香港本土美食擬人化 NFT 企劃》的藝術家、學術機構、受惠組織、以及如何緊密合作的詳細資料，見附件六。

【《香港本土美食擬人化 NFT 企劃》重點】

《香港本土美食擬人化 NFT 企劃》建議以「回憶中的香港味道」作為主題。

不同人有不同的「回憶中的香港味道」，這不只是香港人的集體回憶，即使是外國人也會擁有「回憶中的香港味道」。

香港一向是國際大都會，「回憶中的香港味道」不只是面向香港、九龍、新界和離島，《香港本土美食擬人化 NFT 企劃》必須面向世界，甚至是虛擬世界！

香港被譽為「美食天堂」，東西方文化匯聚，名廚來自大江南北，由 1841 年開埠以來，慢慢融會貫通出屬於自己的飲食文化，累積了數之不盡的「回憶中的香港味道」。

《香港本土美食擬人化 NFT 企劃》其中一個核心計劃，就是在「元宇宙」內建立「真・香港」，一個承載了「回憶中的香港味道」的虛擬「香港」，口號是把「香港美食帶上元宇宙」，特別是一些已失傳或快將失去的香港味道，以及令人懷念的老店和景點，例如在「元宇宙」內重現「珍寶海鮮坊」，在「珍寶海鮮坊」上吃一碟電影《食神》裡的「黯然銷魂飯」，應該會特別美味！

建議在「真・香港」重現的香港傳統老店和景點，以及相關的「路線圖」（Road Map），詳細內容見附件七。

香港本土美食多不勝數，有人最愛燒味、有人最愛雲吞麵、有人最愛砵仔糕、有人最愛街頭小食、亦有人最愛茶樓點心，正所謂「順得哥情失嫂意」，建議應該按部就班，最理想是先由打邊爐的湯底和食物開始，演化成為不同類型和屬性的可愛角色。

為什麼要由打邊爐開始？因為「打邊爐是香港人的生活態度」，打邊爐是最能夠代表香港人的本地飲食文化，特別是經過香港電影的間接宣傳，成為了城中及海外不少人的「回憶中的香港味道」。

開拓「元宇宙」同時，也不可以忘記現實世界。《香港本土美食擬人化 NFT

企劃》雖然是以站在潮流最前線的新一代為主要目標，但也不可以忽視傳統消費者。

故此，在推出香港打邊爐的網上 NFT 藝術品同時，也會製作 NFT 的實際產品——NFT（Native Food Tee），本土美食 T-Shirt！

不要低估一件 T-Shirt 的力量！T-Shirt 上的文字或圖案，以「回憶中的香港味道」為主題，既可以呼應香港人的集體回憶，又可以代表香港人的身份認同。

這一系列本土美食 T-Shirt，既是普羅大眾容易了解的實用商品，可以為此項目帶來實際收益，也可以作為宣傳品，更可以作為購買 NFT 後獲贈的限量版「禮物」，擁有不同的可能性、生命周期、以及文化影響力。

可以穿在身上的 NFT，結合在「元宇宙」的 NFT，效果絕對是超乎想像！

有關第一階段的，打邊爐的湯底和食物的擬人化角色設定，以及上述一系列本土美食 T-Shirt 的設計圖則，連同售賣和宣傳方案、利潤回報預測、真實和虛擬代言人建議、以及相關的「路線圖」（Road Map），詳細內容見附件八。

【結論】

納粹德國的希特拉講過：「要消滅一個民族，首先瓦解它的文化；要瓦解它的文化，首先消滅承載它的語言；要消滅這種語言，首先從他們的學校裡下手。」

但正所謂「You are what you eat」，我卻有另一番見解：「要消滅一個民族，首先瓦解它的文化；要瓦解它的文化，首先消滅代表『身份認同』的飲食文化；要消滅這種飲食文化，首先從他們的『集體回憶』裡下手。」

保存香港飲食文化，絕對是刻不容緩！把握 NFT 發展帶來的機遇，善用政府資源，發揮業界所長，動員民間力量，培育學界幼苗，以「禮物理論」為基礎，各展所長，成就佳作，一起透過《香港本土美食擬人化 NFT 企劃》，保育「回憶中的香港味道」，創造無限商機，是非常符合經濟效益的共贏方法。

（字數：XX,XXX）

※

評分：F

評語：

欠附件一至八。

缺經濟學理論基礎。

低估了 NFT 的投資風險。

為了持平，應列舉 NFT 的失敗例子。

六合彩是賭博，並非投資工具，不適合作為例子。

英女皇登基紀念幣，前殖民地色彩太強烈，建議改為國慶紀念幣。

結論是全文最大敗筆！除了錯誤引述希特拉的說話，也未能闡釋進行 NFT 項目的急切性和必然性。

。。。。。。

。。。。。。

※

就在這位學生的企劃書被講師批閱時，他正在和一班志同道合的伙伴，身穿他們設計和製作的「NFT」（本土美食 T-Shirt），一起打邊爐慶功！

這位沒有任何背景的平凡學生，在火鍋店的「最後一夜」遇見某位熱愛香港本土美食的漫畫家後，單純以誠意打動了對方，結果成功在網上發起看似不可能的《香港本土美食擬人化 NFT 企劃》，並且以驚人的速度賺了第一桶金……

【香港本土美食擬人化 NFT 企劃】／完

第七章

弊傢伙！生日蛋糕唔見咗！

小明今日好開心，因為他應邀參加同班同學小麗的生日派對。

小明父母帶他來到小麗居住的私人屋苑的住客會所，生日派對在這裡的 VIP 房間舉行。

經過悉心打扮，身穿鮮紅色連身短裙的小麗，雖然只是小學生，卻比同齡的女孩子早熟，舉手投足，輕顰淺笑，都已流露出少女的韻味。

除了小明，小麗也邀請了其他同班同學，包括：小麗最親密的朋友小蘭、成績優異的美娟、患有公主病的真熙、自以為風趣幽默的志偉、以及和小明一樣對小麗有好感的梓軒。

生日派對的食物非常豐富，除了最常見的菠蘿腸仔、瑞士雞翼、咖哩魚蛋、幻彩啫喱糖和碎蛋雞菜沙律，還有煙肉車厘茄卷、芝士肉醬大啡菇、牛油果鮮蝦雲吞杯、法式焦糖布甸等華麗美食。

然而，令小明留下深刻印象的是以七彩蝦片伴碟的原隻炸子雞。這隻炸子雞的顏色比一段的深厚，反而有點像豉油雞。

就在小明的父母和其他家長都離開 VIP 房間後，竟然發生了「生日派對離奇事件」！

※

「各位小朋友，大家好！」

「歡迎來到小麗主人的生日派對！」

分別是執事和女僕打扮的一男一女隆重登場後，開始自我介紹。

「我是愛德華，是這個生日派對的主持之一！」

「我是瑪莉亞，是這個生日派對的另一位主持！」

「各位小朋友，你們都是小麗主人的好朋友！」

「你們都是 VIP！可以先讓我們認識大家嗎？」

小明和其他同學的自我介紹後，氣氛開始變得凝重。

「在生日派對正式開始前，我有一件重要事情宣佈。」愛德華一臉嚴肅。

「我們為小麗主人特別準備的生日蛋糕，竟然不見了！」瑪莉亞表情誇張。

究竟是什麼一回事？小麗的生日蛋糕，竟然不見了？

「我的生日蛋糕不見了？」小麗一臉茫然。

「生日派對沒有生日蛋糕，大家覺得可以嗎？」愛德華嚴肅地發問。

「當然不可以啦！」小蘭率先回應。

「生日派對怎可以沒有生日蛋糕？」美娟眉頭緊皺。

「沒有生日蛋糕的派對還算是生日派對？」志偉搞笑口吻。

「我是因為小麗告訴我今日派對的蛋糕好漂亮，我才會抽時間出席的！」真熙似是在怪責小麗。

「小麗主人的生日蛋糕不見了，我們應該怎麼辦？」瑪莉亞誇張地發問。

「不用擔心！我會用我的智慧，幫小麗找回生日蛋糕！」梓軒充滿自信。

小麗以感激的眼神望向梓軒。

「一個人的力量是有限的，只要我們齊心合作，好快就可以幫小麗找回生日蛋糕！」

小明握緊拳頭站起身，刻意在小麗面前爭取表現。

小麗也以感激的眼神望向小明，但小蘭突然跟小麗耳語，令小明和小麗只有瞬間的四目交投。

「各位小偵探，你們必須一起合作，因為你們的對手非常厲害！」愛德華神情激動。

「偷走了小麗主人的生日蛋糕，正是傳說中的『生日會的魔術師』！」瑪利亞表情驚訝。

「生日會的魔術師」？究竟他是什麼人？他為什麼偷走了小麗的生日蛋糕？

「『生日會的魔術師』留下了他的卡片。」

愛德華更嚴肅地展示手上印有代表「生日會的魔術師」微笑肖像的卡片。

「『生日會的魔術師』也留下了四個信封。」

瑪莉亞更誇張地展示手上四個以火漆印章封口的信封，印章同樣是代表「生日會的魔術師」微笑肖像。

「按照『生日會的魔術師』的一貫風格，這四個信封裡，都有不同的問題。」

愛德華嚴肅地解講。

「只要答對問題，就會得到線索！只要集齊線索，就可以尋回小麗主人的生日蛋糕！」瑪莉亞可愛地補充。

「大家都準備好嗎？」

愛德華兩眼像探照燈一般掃視各人。

「我已經準備好了！」

梓軒充滿自信，比小明更快回應。

「好！第一條問題。」

瑪莉亞小心奕奕地打開第一個信封。

「以下哪款食物，不是源自香港？A，瑞士雞翼、B，星洲炒米、C，上海粗炒、D，北京烤鴨。」

「我知道了！一定是瑞士雞翼！」

小明為了爭取好表現，搶先回答。

「錯！」愛德華語氣鏗鏘。

小明晴天霹靂，不敢望向小麗。

「有一次補答機會。」

「難道是星洲炒米？」

「抑或是上海粗炒？」

「答案是D，北京烤鴨！」

梓軒充滿自信地回答。

「答對了！掌聲鼓勵！」

在熱烈的掌聲中，小明感到無地自容。

「瑞士雞翼，不是來自瑞士嗎？」

小麗突然可愛地舉手發問。

「小麗主人，瑞士雞翼是一種由香港人發明的滷水雞翼菜式，因為使用『瑞士汁』烹調而成，故此名為『瑞士雞翼』。」

「瑞士汁是一種以豉油、薑、蔥、冰糖和香料等食材調配而成的甜味滷水。瑞士雞翼是香港著名的『豉油西餐』的其中一味代表性菜式。」

「那麼，星洲炒米呢？『星洲』是指新加坡，但我知道星洲炒米不是來自新加坡，據說是來自馬來西亞。」美娟果然是學識淵博。

「據說在上世紀五十年代已經有星洲炒米，有部分人士認為源自於馬來西亞的吉隆坡，但其實也是源自香港。」

「香港和馬來西亞的星洲炒米，可以說是兩個不同派別，材料上有明顯分別，香港的星洲炒米，一定會加入咖哩，馬來西亞的星洲炒米，卻使用番茄醬和辣椒醬代替。」

「上海粗炒呢？我在上海菜館吃過啊！難道我去了假的上海菜館？」志偉故作驚慌的搞笑口吻。

「上海粗炒，是一款冠以上海地名卻糅合港式飲食特色的港式炒麵，過去並不存在於上海。傳統上海最具有代表性的炒麵是蝦仁兩面黃，但據說兩面黃其實是源自蘇州。」

「上世紀五十年代，大批上海人移居香港，將上海飲食文化帶到了香港，但當時香港人不太喜歡油炸食物，反而接受了經過本土化改良的『上海粗炒』。」

「上海粗炒的『粗』，有人認為是這款炒麵所選用的麵條很粗，像日本的烏冬，但橫切面不是圓形，而是近乎四方形。」

「但其實『粗炒』是指一種較為粗野的炒麵方法，有別於精緻的煨麵，卻仍保留了『濃油赤醬、醇厚鮮香』的上海本幫菜特色，是一款大眾化的庶民美食，逐漸流行於香港及海外的中餐館，更被視作上海菜的代表之一。」

「四個答案中，只有北京填鴨不是源自香港。北京烤鴨，又名『北京填鴨』，因為肥瘦分明，鮮嫩適度，是明代和清代的宮廷御膳珍品。」

「北京烤鴨，其實也不是源自北京，是在南京燒鴨的基礎上發展出來，是明日成祖的宮廷菜，據說明太祖在南京曾經分烤鴨菜給眾子女吃，成祖懷念兒時在南京餐桌和樂，故此帶到北京宮廷。」

「原來如此。」

美娟竟然抄筆記！她出席同學的生日派對竟然也帶備了筆記簿？

「因為梓軒答對了，請你出來接收『生日會的魔術師』的線索。」

梓軒充滿自信地行向瑪莉亞，從他手上接過信封，然後行到小麗面前，向她展示藏在信封內，寫有線索的字條。

小明瞥看到線索。只見字條上畫了一個太陽。

這個「太陽」，究竟有什麼玄機？

「第二條問題。『黑牛』，是香港茶餐廳懷舊特色飲品之一，究竟是由以下哪兩種食物所組成？A，涼粉、B，咖啡、C，可樂汽水、D，朱古力雪糕。」

「答案是C和D，可樂汽水加朱古力雪糕球。」

「美娟答對了，『生日會的魔術師』的線索，交給你。」

「另外，還有『白牛』和『黃牛』，分別是雪碧或七喜加上一個椰子或呍呢拿雪糕球，以及忌廉汽水加上一個菠蘿或芒果雪糕球。」

美娟的字條上畫了一條彩虹。

「第三條問題。以下哪款不是及第粥的材料？A，豬骨、B，豬潤、C，豬肉丸、D，豬粉腸。」

「答案是A，豬骨。我食過及第粥，是沒有豬骨的！」

「志偉答對了，你可以得到『生日會的魔術師』的線索。」

「及第粥又名『三元及第粥』，主要材料是豬肉丸、豬潤和豬粉腸。」

美娟田的字條上寫著「看見的不是真實」。

「最後一條問題。以下哪款是老婆餅的主要成分？A，冬瓜、B，南瓜、C，西瓜、D，苦瓜。」

「答案是A，冬瓜。我喜歡吃冬瓜！」

「真熙答對了，獎品是『生日會的魔術師』的重要線索。」

「老婆餅，又稱冬蓉酥，呈圓形，外層是一層酥皮，內餡是冬瓜蓉以及熟糯米粉，原本冬瓜蓉淡而無味，甜味是加糖後的效果。」

真熙的字條上寫著「蛋糕仍在房間內」。

「生日會的魔術師」留給我們的四大條索，分別是——

「太陽」、「彩虹」、「看見的不是真實」和「蛋糕仍在房間內」。

大家都在絞盡腦汁時，小明突然靈光一閃。

「一切謎底已經解開！」

「你已經解開了謎團？」瑪莉亞一臉驚訝。

「不需要更多的提示？」愛德華嚴肅地問。

「我知道誰是兇手了！」

小明興奮地揮臂一呼。

「兇手就是你！」

小明伸出右手，指向瑪莉亞。

「我竟然是兇手？」瑪莉亞誇張反問。

「你是否搞錯了？」愛德華嚴肅追問。

「拜託！這不是殺人事件，沒有兇手啊！」梓軒反唇相譏。

「我知道誰是犯人了！」

小明伸出左手，指向愛德華。

「犯人就是你！」

「他是犯人？」瑪莉亞誇張反問。

「我偷走了小麗主人的生日蛋糕？」愛德華嚴肅追問。

「你們都是『生日會的魔術師』！」

小明突然語出驚人，房間內一片寂靜。

「請問我們如何偷走小麗主人的生日蛋糕？」

「請問小麗主人的生日蛋糕現時在哪裡呢？」

「你們沒有偷走小麗的生日蛋糕，卻用了特別的方法，令我們以為蛋糕不見了！」

「因為『蛋糕仍在房間內』？」真熙突然對小明刮目相看。

「重點是『看見的不是真實』！」小明比梓軒更有自信。

「『太陽』和『彩虹』？……我知道了」小蘭一臉雀躍。

「我也知道了！」美娟望向放滿了派對美食的長桌。

小蘭低聲跟小麗耳語後，小麗隨即恍然大悟。

「『彩虹』？難怪是跟幻彩咭哩糖相關？」志偉依然是搞笑口吻。

「既然是『彩虹』，當然是炸子雞旁邊的七彩蝦片啦！」梓軒認真推敲出結果。

「『太陽』呢？」小明正式向梓軒下戰書。

「『太陽』應該是代表『太陽蛋』，最後的線索一定是藏在像彩虹有不同彩色的雜菜，又有雞蛋的碎蛋雜菜沙律裡面。」

「那個不是『太陽』，其實是代表『日出』。」

「『日出』…？」梓軒仍在苦苦思考。

「日出…雞鳴？」志偉搞笑地做出雞的手勢。

「對！就是炸子雞！」美娟忍不住說出答案。

「最後的線索藏在炸子雞裡面？」梓軒難以置信。

「『炸子雞』就是小麗的生日蛋糕！」小明充滿自信。

「炸子雞又怎會是小麗的生日蛋糕？」梓軒仍不肯服輸。

「這是你們為我準備的立體蛋糕？」美娟驚喜地問愛德華。

「這是小麗主人父母的特別要求。」愛德華一臉燦爛笑容。

「因為小麗喜歡吃為當紅炸子雞伴碟的七彩蝦片？」

小蘭突然說出小麗的秘密，小明後悔身上沒有筆記簿可以及時記錄。

「七彩蝦片，是真的七彩蝦片。」瑪莉亞不再表情誇張。

「『炸子雞』，是特製的生日蛋糕。」愛德華的笑容更燦爛。

「小麗主人，既然已尋回生日蛋糕，生日派對可以開始了！」

「大家都非常厲害！比我想像中的更厲害！在我預計的時間前已經解開謎團，大家都有一份特別禮物！」

在一片歡呼聲中，瑪莉亞迎接小朋友的家長回到 VIP 房間後，小麗的生日派對正式開始。

※

這個既可以享用美食，又可以長知識的生日派對，小朋友玩得開心，家長也非常滿意！

小明雖然成功解開了「生日會的魔術師」的謎團，尋回小麗的生日蛋糕，卻未能在小麗心裡爭取到高分。

然而，人與人之間的緣分，果然是非常微妙！小明怎會想到，這一天後對他加了分數的，竟然是另有其人，而且不只一人……

【弊傢伙！生日蛋糕唔見咗！】／完

第八章

吃完這片肥牛便分手

【第一幕：濃情蜜意的花膠雞湯】

女（打情）：吃完這片肥牛便分手！

男（罵俏）：妳再講多一次。

女（打情）：吃完這片肥牛，我們便分手！

男（罵俏）：妳清楚明白自己在講什麼嗎？

女（打情）：我很清楚，也很明白！

男（罵俏）：妳肯定？

女（打情）：我肯定。

男（罵俏）：我給妳一個機會，你再講多一次。

女（打情）：吃完這片肥牛，我們便分手！

男（罵俏）：好！很好！非常好！

女（打情）：快給我吃掉這片肥牛！

男（罵俏）：妳總是這樣蠻不講理。
女（打情）：我什麼時候蠻不講理？
男（罵俏）：妳告訴我，為什麼是這片肥牛？不是那片肥牛？
女（打情）：我告訴你，哪一片肥牛，根本不重要。
男（罵俏）：妳告訴我，什麼才是重要？
女（打情）：重要是你很討厭！
男（罵俏）：因為我很討厭，所以妳要分手？
女（打情）：吃完這片肥牛，我們立即分手！
男（罵俏）：妳告訴我，為什麼是肥牛？花膠不可以嗎？
女（打情）：不可以！
男（罵俏）：貴妃蚌不可以嗎？鮑魚仔不可以嗎？
女（打情）：不可以！不可以！
男（罵俏）：雞胸、雞髀、雞翼尖都不可以嗎？
女（打情）：不可以！不可以！不可以！
男（罵俏）：妳告訴我，老老實實的告訴我，為什麼一定要是肥牛？
女（打情）：因為你喜歡吃肥牛，你最喜歡吃肥牛。

男（罵俏）：我最喜歡吃肥牛？喜歡吃肥牛的，是妳。

女（打情）：我怎會喜歡吃肥牛？喜歡吃肥牛的，是你。

男（罵俏）：你怎會不喜歡吃肥牛？我是因為喜歡妳，才開始吃肥牛的。

女（打情）：你忘記了嗎？我們第一次見面，就是在這家火鍋店，當晚你一個人就吃掉了半碟頂級手切肥牛！

男（罵俏）：拜託！另外那半碟色澤紅潤、肌理分明、肉質軟嫩、牛味十足的頂級手切肥牛，是被妳吃掉的。

女（打情）：我是見你一個人寂寞，所以才陪你吃的。

男（罵俏）：我寂寞？我跟我前度一起來這裡打邊爐的，怎會寂寞？

女（打情）：你知道什麼是「寂寞」嗎？

男（罵俏）：寂寞，就是自己一個人去打邊爐。

女（打情）：錯！

男（罵俏）：寂寞，就是你打邊爐時看見一片很肥美的靚牛肉，可惜她卻不屬於你。

女（打情）：錯！大錯特錯！

男（罵俏）：寂寞，就是跟你最愛的人一起打邊爐，吃你最喜歡的肥牛時，卻吃出兩種不同的味道。

女（打情）：你終於知道了。

男（罵俏）：我在跟妳第一次打邊爐時已知道了。

女（打情）：你忘記了嗎？當晚不是普通的打邊爐，是我的打邊爐生日派對啊！

男（罵俏）：是妳前度為妳舉行的打邊爐生日派對！

女（打情）：是我前度為我舉行的打邊爐驚喜生日派對！

男（罵俏）：妳前度強逼利誘我們一起為你準備人生中最大的驚喜。

女（打情）：那個晚上，我的確遇上人生中最大的驚喜。

男（罵俏）：妳終於承認了。

女（打情）：我承認了什麼？

男（罵俏）：妳承認了是妳喜歡吃肥牛。

女（打情）：我什麼時候承認了我喜歡吃肥牛？

男（罵俏）：如果妳不喜歡吃肥牛，怎會搞打邊爐生日派對？

女（打情）：我不喜歡吃肥牛，就不可以搞打邊爐生日派對嗎？

男（罵俏）：打邊爐一定要食肥牛，特別是打邊爐驚喜生日派對。

女（打情）：你總是這樣不可理喻！
男（罵俏）：我什麼時候不可理喻？
女（打情）：誰說打邊爐一定要食肥牛？
男（罵俏）：我說的。
女（打情）：你跟我前度一樣的不可理喻！
男（罵俏）：我跟妳前度一樣的知道妳喜歡吃肥牛！所以每次約會都是一起打邊爐！
女（打情）：你跟我前度一樣的討厭！
男（罵俏）：我跟妳前度一樣的因為喜歡妳而被妳討厭！
女（打情）：你跟我前度一樣，根本不愛我！
男（罵俏）：我跟妳前度一樣的愛妳，但妳愛肥牛比愛我更多！
女（打情）：親愛的，為什麼你會覺得我愛肥牛比愛你更多？
男（罵俏）：每次打邊爐，妳看肥牛的時間，比看我的時間更長。
女（打情）：你吃醋。
男（罵俏）：我不吃醋，只吃虧。
女（打情）：我不愛肥牛，只愛你。

男（罵俏）：笑話。

女（打情）：我根本不愛肥牛。

男（罵俏）：天大的笑話！

女（打情）：我根本不愛打邊爐。

男（罵俏）：笑話中的笑話！

女（打情）：我只愛打邊爐時吃肥牛吃得津津有味的你。

男（罵俏）：這是我有生而來聽過最爆笑的笑話！

女（打情）：我愛你。

男（罵俏）：「我愛你」？

女（打情）：「這是我有生而來聽過最爆笑的笑話」！

男（罵俏）：有多爆笑？

女（打情）：比醬爆牛丸更爆笑！

男（罵俏）：我愛妳。

女（打情）：哈哈哈。

男（罵俏）：我愛妳。

女（打情）：對不起，我已經不再愛你了。

男（皺眉）：即使妳不再愛我，我仍然愛妳，深深的愛著妳。

女（打情）：夠了！你不要再愛我了！這片肥牛正在哭泣，請你快點寵愛她吧！

男（罵俏）：妳記住，是妳叫我移情別戀的。

女（打情）：遇見你，可能是我一生最大的錯。

男（罵俏）：錯過這片肥牛，才是妳一生最大的錯。

女（打情）：夠了！吃完這片肥牛，我們立即分手。

男（罵俏）：分手之後呢？

女（打情）：當然是各走各路。

男（罵俏）：妳真的打算跟我各走各路？

女（打情）：你有你的生活，我有我的忙碌。

男（罵俏）：拜託！我們住在一起的，回家是同一條路。

女（打情）：我先離開，去買點東西，你一個人回家吧！

男（罵俏）：不去吃甜品嗎？妳不是很喜歡吃甜品的嗎？

女（打情）：不吃了！看見你這副討厭的模樣，我不想再吃了！

男（罵俏）：妳不是很愛我打邊爐時吃肥牛吃得津津有味的模樣嗎？

女（打情）：你根本只生活在你的世界！

男（罵俏）：因為我的世界只有妳。

女（打情）：還有肥牛。

男（罵俏）：我的世界很大，可以同時容納妳和肥牛。

女（打情）：「我的世界」？

男（罵俏）：「我們的世界」。

女（打情）：「我們的世界」？

男（罵俏）：「我的世界」加「妳的世界」，除二。

女（打情）：為什麼需要「除二」？

男（罵俏）：就像一起吃飯後埋單 AA 制。

女（打情）：男人請女人吃飯，不是天經地義嗎？

男（罵俏）：男人喜歡照顧女人，女人卻不一定喜歡被照顧。

女（打情）：女人不是喜歡被照顧，而是喜歡被愛。

男（罵俏）：愛？愛可以當飯吃嗎？

女（打情）：愛當然不可以當飯吃，但有時候為了愛可以不吃飯。

男（罵俏）：我們每天這麼辛苦，不就是為了和最愛的人一起吃餐安樂茶飯？

女（打情）：很多東西不可以當飯吃，但是都比生命更重要。

男（罵俏）：生命，並不是妳想像中那麼簡單。

女（打情）：生命，也沒有你想像中那麼複雜。

男（罵俏）：愛情，卻比我們想像中複雜得多。

女（打情）：愛情，其實可以好簡單。

男（罵俏）：就像吃這片肥牛那麼簡單？

女（打情）：煮熟這片肥牛，是簡單物理學。

男（罵俏）：嗯。

女（打情）：至於兩人之間的愛情，既是生物學，也是心理學。

男（罵俏）：嗯。

女（打情）：彼此一見鍾情後，產生出化學作用，就是化學了。

男（罵俏）：嗯。

女（打情）：你根本沒用心聽我說話。

男（罵俏）：因為我準備用心品嚐這片「最後的肥牛」。

女（打情）：你這片「最後的肥牛」，已經哭得一塌糊塗，請你快點寵愛她吧！

男（罵俏）：這就是緣分！

女（打情）：是孽緣才真！

男（罵俏）：為了結束這段孽緣，這片「最後的肥牛」，由我來煮吧！
女（打情）：這是頂級的手切肥牛，只需要煮十秒已足夠。
男（罵俏）：吃肥牛，最美味是半生半熟的狀態。
女（打情）：牛肉已變色了。
男（罵俏）：每一段關係，最美麗也是半生半熟的狀態。
女（打情）：牛肉已煮熟了。
男（罵俏）：新鮮肥美的牛肉，不需要加任何豉油。
女（打情）：加了豉油，就會掩蓋了牛肉的原汁原味。
男（罵俏）：打邊爐的豉油，就像是一段關係的第三者。
女（打情）：有些人，就是喜歡當第三者。
男（罵俏）：不是我。
女（打情）：也不是我。
男（罵俏）：但有人以為我是你們的第三者……
女（打情）：也有人以為我是你們的第三者……
男（罵俏）：豉油，絕對不可能是我們的第三者！
女（打情）：肥牛，也絕對不可能是我們的第三者！

男（罵俏）：沒有加鹽加醋，這片肥牛，快吃吧！
△男將煮好的肥牛放在女的碗內，女用筷子夾起，吃得津津有味。
女（打情）：噢！實在太美味了！
男（罵俏）：親愛的，有多美味？
女（打情）：比我們第一次見面時你為我煮的那片七成熟肥牛更美味！
男（罵俏）：親愛的，我們可以不分手嗎？
女（打情）：我真的是時間要走了。
男（罵俏）：你相信我有超能力嗎？我可以讓時間停頓……
女（打情）：夠了，我不想再跟你說話了！
男（罵俏）：但我的話仍未說完，十日十夜也說不完！
女（打情）：一句話。我容許你跟我講多一句話。
男（罵俏）：我煮個麵給你吃好嗎？
女（打情）：我要減肥！
男（罵俏）：我們一起吃甜品好嗎？
女（打情）：我趕時間！
男（罵俏）：我點多一碟肥牛好嗎？

女（打情）：老闆埋單！

男（罵俏）：完美！這個溫馨甜蜜的花膠雞湯海鮮鍋，果然是充滿驚喜的完美一餐！

女（打情）：你知道人生最大的驚喜是什麼嗎？

男（罵俏）：久旱逢甘霖？他鄉遇故知？洞房花燭夜？金榜題名時？

女（打情）：錯！錯！錯！錯！

男（罵俏）：親愛的，妳快告訴我吧！

女（打情）：吃完這片肥牛便分手！

△慢慢奏起《結婚進行曲》……

【第二幕：悲憤莫名的酸菜魔鬼魚湯】

他（憤怒）：吃完這片肥牛便分手！

她（悲慟）：你再講多一次！

他（憤怒）：吃完這片肥牛！我們便分手！

她（悲慟）：你清楚明白自己在講什麼嗎？

他（憤怒）：我很清楚！也很明白！

她（悲慟）：你肯定？

他（憤怒）：我肯定！

她（悲慟）：我給你一個機會，你再講多一次。

他（憤怒）：吃完！這片肥牛！我們！便分手！

她（悲慟）：好！很好！非常好！

他（憤怒）：快！給我吃掉這片肥牛！

她（悲慟）：你總是這樣蠻不講理！

他（憤怒）：我什麼時候蠻不講理？

她（悲慟）：你告訴我，為什麼是這片肥牛？不是那片肥牛？

他（憤怒）：我告訴妳，哪一片肥牛，根本不重要！

她（悲慟）：你告訴我，什麼才是重要？

他（憤怒）：重要是妳很討厭！

她（悲慟）：因為我很討厭，所以你要分手？

他（憤怒）：吃完這片肥牛，我們立即分手！

她（悲慟）：你告訴我！為什麼是肥牛？魔鬼魚不可以嗎？

他（憤怒）：不！可！以！
她（悲慟）：牛鞭不可以嗎？牛歡喜不可以嗎？
他（憤怒）：不可以！不可以！！
她（悲慟）：雞子、豬腦、肥鵝腸都不可以嗎？
他（憤怒）：不可以！不可以！！不可以！！！
她（悲慟）：你告訴我，老老實實的告訴我，為什麼一定要是肥牛？
他（憤怒）：因為妳喜歡吃肥牛，妳最喜歡吃肥牛！
她（悲慟）：我最喜歡吃肥牛？喜歡吃肥牛的，是你！
他（憤怒）：我怎會喜歡吃肥牛？喜歡吃肥牛的，是妳！
她（悲慟）：你怎會不喜歡吃肥牛？我是因為喜歡你，才開始吃肥牛的！
他（憤怒）：你忘記了嗎？我們第一次見面，就是在這家火鍋店，當晚妳一個人就吃掉了半碟頂級手切肥牛！
她（悲慟）：拜託！那碟色澤紅潤、肌理分明、肉質軟嫩、牛味十足的頂級手切肥牛，是你前度特別為你點的！另外那半碟，就是被你吃掉的！
他（憤怒）：我是見妳一個人寂寞，所以才陪妳吃的！
她（悲慟）：我寂寞？我跟我前度一起來這裡打邊爐的！怎會寂寞？

他（憤怒）：妳知道什麼是「寂寞」嗎？
她（悲慟）：寂寞，就是自己一個人去打邊爐！
他（憤怒）：錯！
她（悲慟）：寂寞，就是你打邊爐時看見一片很肥美的靚牛肉，可惜他卻不屬於你！
他（憤怒）：錯！大錯特錯！
她（悲慟）：寂寞，就是跟你最愛的人一起打邊爐，吃你最喜歡的肥牛時，卻吃出兩種不同的味道！
他（憤怒）：妳終於知道了。
她（悲慟）：我在跟你第一次打邊爐時已知道了。
他（憤怒）：妳忘記了嗎？當晚不是普通的打邊爐，是我前度的打邊爐生日派對啊！
她（悲慟）：是你為你前度舉行的打邊爐生日派對！
他（憤怒）：是我為我前度舉行的打邊爐驚喜生日派對！
她（悲慟）：你強逼利誘我們一起為你前度準備人生中最大的驚喜。

他（憤怒）：那個晚上，我的確遇上人生中最大的驚喜。

她（悲慟）：你終於承認了。

他（憤怒）：我承認了什麼？

她（悲慟）：你承認了是你喜歡吃肥牛！

他（憤怒）：我什麼時候承認了我喜歡吃肥牛？

她（悲慟）：如果你不喜歡吃肥牛，怎會搞打邊爐生日派對？

他（憤怒）：我不喜歡吃肥牛，就不可以搞打邊爐生日派對嗎？

她（悲慟）：打邊爐一定要食肥牛，特別是打邊爐驚喜生日派對！

他（憤怒）：妳總是這樣不可理喻！

她（悲慟）：我什麼時候不可理喻？

他（憤怒）：誰說打邊爐一定要食肥牛？

她（悲慟）：我說的！

他（憤怒）：妳跟我前度一樣的不可理喻！

她（悲慟）：我跟你前度一樣的知道你喜歡吃肥牛！所以每次約會都是一起打邊爐！

他（憤怒）：妳跟我前度一樣的討厭！
她（悲慟）：我跟你前度一樣的因為喜歡你而被你討厭！
他（憤怒）：妳跟我前度一樣，根本不愛我！
她（悲慟）：我跟你前度一樣的愛你，但你愛肥牛比愛我更多！
他（憤怒）：親愛的，為什麼妳會覺得我愛肥牛比愛你更多？
她（悲慟）：每次打邊爐，你看肥牛的時間，比看我的時間更長！
他（憤怒）：妳吃醋！
她（悲慟）：我不吃醋，只吃虧！
他（憤怒）：我不愛肥牛，只愛妳！
她（悲慟）：笑話！
他（憤怒）：我根本不愛肥牛！
她（悲慟）：天大的笑話！
他（憤怒）：我根本不愛打邊爐！
她（悲慟）：笑話中的笑話！
他（憤怒）：我只愛打邊爐時吃肥牛吃得津津有味的妳！

她（悲慟）：這是我有生而來聽過最爆笑的笑話！

他（憤怒）：我愛妳！

她（悲慟）：「我愛你」？

他（憤怒）：「這是我有生而來聽過最爆笑的笑話」！

她（悲慟）：有多爆笑？

他（憤怒）：比醬爆牛丸更爆笑！

她（悲慟）：我愛你！

他（憤怒）：哈！哈！哈！

她（悲慟）：我愛你！

他（憤怒）：對不起！我已經不再愛妳了！

她（悲慟）：即使你不再愛我，我仍然愛你！深深的愛著你！

他（憤怒）：夠了！你不要再愛我了！這片肥牛正在哭泣，請你快點去愛她吧！

她（悲慟）：你記住，是你叫我移情別戀的！

他（憤怒）：遇見妳，可能是我一生最大的錯！

她（悲慟）：錯過這片肥牛，才是你一生最大的錯！

他（憤怒）：夠了！吃完這片肥牛！我們立即分手！
她（悲慟）：分手之後呢？
他（憤怒）：當然是各走各路！
她（悲慟）：你真的打算跟我各走各路？
他（憤怒）：你有你的生活！我有我的忙碌！
她（悲慟）：拜託！我們住在一起的！回家是同一條路！
他（憤怒）：我先離開！去買點東西！妳一個人回家吧！
她（悲慟）：不去吃甜品嗎？你不是很喜歡吃甜品的嗎？
他（憤怒）：不吃了！看見妳這副討厭的模樣，我不想再吃了！
她（悲慟）：你不是很愛我打邊爐時吃肥牛吃得津津有味的模樣嗎？
他（憤怒）：妳根本只生活在妳的世界！
她（悲慟）：因為我的世界只有你！
他（憤怒）：還有肥牛！
她（悲慟）：我的世界很大，可以同時容納你和肥牛！
他（憤怒）：「我的世界」？

她（悲慟）：「我們的世界」！

他（憤怒）：「我們的世界』」？

她（悲慟）：「我的世界」加「你的世界」，除二！

他（憤怒）：為什麼需要「除二』？

她（悲慟）：就像一起吃飯後埋單AA制！

他（憤怒）：男人請女人吃飯，不是天經地義嗎？

她（悲慟）：男人喜歡照顧女人，女人卻不一定喜歡被照顧！

他（憤怒）：女人不是喜歡被照顧，而是喜歡被愛！

她（悲慟）：愛？愛可以當飯吃嗎？

他（憤怒）：愛當然不可以當飯吃，但有時候為了愛可以不吃飯！

她（悲慟）：我們每天這麼辛苦，不就是為了和最愛的人一起吃餐安樂茶飯？

他（憤怒）：很多東西不可以當飯吃，但是都比生命更重要！

她（悲慟）：生命，並不是你想像中那麼簡單！

他（憤怒）：生命，也沒有妳想像中那麼複雜！

她（悲慟）：愛情，卻比我們想像中複雜得多！

他（憤怒）：愛情，其實可以好簡單！

她（悲慟）：就像吃這片肥牛那麼簡單？

他（憤怒）：煮熟這片肥牛，是簡單物理學！

她（悲慟）：哼！

他（憤怒）：至於兩人之間的愛情，既是生物學！也是心理學！

她（悲慟）：哼！哼！

他（憤怒）：彼此一見鍾情後，產生出化學作用！就是化學！

她（悲慟）：哼！哼！哼！

他（憤怒）：妳根本沒用心聽我說話！

她（悲慟）：因為我準備用心品嚐這片「最後的肥牛」！

他（憤怒）：妳眼前這片「最後的肥牛」，已經哭得一塌糊塗，請妳快點去愛她吧！

她（悲慟）：這就是緣分！

他（憤怒）：是孽緣才真！

她（悲慟）：為了結束這段孽緣，這片「最後的肥牛」，由我來煮，好嗎？

他（憤怒）：這是頂級的手切肥牛，只需要煮十秒已足夠！
她（悲慟）：吃肥牛，最美味是半生半熟的狀態！
他（憤怒）：牛肉已變色了！
她（悲慟）：每一段關係，最美麗也是半生半熟的狀態！
他（憤怒）：牛肉已煮熟了！
她（悲慟）：新鮮肥美的牛肉，不需要加任何豉油！
他（憤怒）：加了豉油，就會掩蓋了牛肉的原汁原味！
她（悲慟）：打邊爐的豉油，就像是一段關係的第三者！
他（憤怒）：有些人，就是喜歡當第三者！
她（悲慟）：不是我！
他（憤怒）：也不是我！
她（悲慟）：但有人以為我是你們的第三者！
他（憤怒）：也有人以為我是你們的第三者！
她（悲慟）：「豉油」那個姣婆，就是我們的第三者！
他（憤怒）：妳那隻叫「肥牛」的狗公，才是我們的第三者！

她（悲慟）：沒有加鹽加醋，這片肥牛，快吃吧！

△她將煮好的肥牛放在他的碗內，他用筷子夾起，吃了一半，吐在地上。

他（憤怒）：操！實在太難吃了！

她（悲慟）：親愛的，有多難吃？

他（憤怒）：比我們第一次見面時妳為我煮的那片過了火的肥牛更難吃！

她（悲慟）：因為你點了酸菜魔鬼魚鍋！

他（憤怒）：我本來想點清水鍋，但妳推薦這裡的酸菜魔鬼魚鍋！

她（悲慟）：親愛的！我們可以不分手嗎？

他（憤怒）：我真的是時間要走了！

她（悲慟）：你相信我有超能力嗎？我可以讓時間停頓……

他（憤怒）：夠了！我不想再跟妳說話了！

她（悲慟）：但我的話仍未說完，十日十夜也說不完！

他（憤怒）：一句話！我容許你跟我講多一句話！

她（悲慟）：我煮個麵給你吃，好嗎？

他（憤怒）：我要減肥！

她（悲慟）：我們一起吃甜品，好嗎？

他（憤怒）：我趕時間！

她（悲慟）：我點多一碟肥牛，好嗎？

他（憤怒）：老闆埋單！

她（悲慟）：你實在太可惡了！最後一餐也要將我激怒！

他（憤怒）：妳知道這段關係令我最憤怒的是什麼嗎？

她（悲慟）：你的前度勾引了我的前度！你跟我一起只是為了報仇！

他（憤怒）：錯！是妳的前度勾引了我的前度！妳跟我一起只是為了報仇！

她（悲慟）：親愛的，錯的是你！千錯萬錯，全都是你的錯！

他（憤怒）：我沒有錯！我沒有錯！一切只是「肥牛」的錯！

她（悲慟）：你當晚根本不應該請我和「肥牛」來打邊爐！結果你送了一份意想不到的生日禮物給你最愛的「豉油」小公主！

他（憤怒）：是妳的前度渣男「肥牛」，破壞了我和我前度「豉油」的關係！我們已準備結婚！妳知道嗎？

她（悲慟）：哼！是男人的話，就痛快一點吧！

他（憤怒）：吃完這片肥牛便分手！

△急速響起救護車的聲音……

【第三幕：離愁別緒的苦瓜豬骨湯】

母（離愁）：吃完這片肥牛便分手……

父（別緒）：妳再講多一次。

母（離愁）：吃完這片肥牛，我們便分手。

父（別緒）：妳…清楚明白自己在講什麼嗎？

母（離愁）：我很清楚…也很明白。

父（別緒）：妳肯定？

母（離愁）：我肯定…

父（別緒）：我給妳一個機會，你再講多一次。

母（離愁）：吃完這片肥牛…我們便分手。

父（別緒）：好！很好！非常好！

母（離愁）：快給我將這片肥牛吃掉。

父（別緒）：妳總是這樣蠻不講理。
母（離愁）：我什麼時候蠻不講理？
父（別緒）：妳告訴我，為什麼是這片肥牛？不是那片肥牛？
母（離愁）：我告訴你，哪一片肥牛，根本不重要。
父（別緒）：妳告訴我，什麼才是重要？
母（離愁）：重要是你很討厭！
父（別緒）：因為我很討厭，所以妳要分手？
母（離愁）：吃完這片肥牛，我們立即分手。
父（別緒）：妳告訴我，為什麼是肥牛？炸魚皮不可以嗎？
母（離愁）：不可以。
父（別緒）：苦瓜不可以嗎？豬骨不可以嗎？
母（離愁）：不可以，不可以。
父（別緒）：魚皮餃、四寶丸、鮮蝦雲吞都不可以嗎？
母（離愁）：不可以，不可以，不可以。
父（別緒）：妳告訴我，老老實實的告訴我，為什麼一定要是肥牛？

母（離愁）：因為你喜歡吃肥牛，你最喜歡吃肥牛。

父（別緒）：我最喜歡吃肥牛？喜歡吃肥牛的，是妳。

母（離愁）：我怎會喜歡吃肥牛？喜歡吃肥牛的，是你。

父（別緒）：你怎會不喜歡吃肥牛？我是因為喜歡妳，才開始吃肥牛的。

母（離愁）：你忘記了嗎？我們第一次見面，就是在那家火鍋店，當晚你一個人就吃掉了半碟頂級手切肥牛！

父（別緒）：拜託！另外那半碟色澤紅潤、肌理分明、肉質軟嫩、牛味十足的頂級手切肥牛，是被妳吃掉的。

母（離愁）：我是見你一個人寂寞，所以才陪你吃的。

父（別緒）：我寂寞？我跟我前度一起來這裡打邊爐的，怎會寂寞？

母（離愁）：你知道什麼是「寂寞」嗎？

父（別緒）：寂寞，就是自己一個人去打邊爐。

母（離愁）：錯……

父（別緒）：寂寞，就是你打邊爐時看見一片很肥美的靚牛肉，可惜她卻不屬於你。

母（離愁）：錯⋯大錯特錯⋯

父（別緒）：寂寞，就是跟你最愛的人一起打邊爐，吃你最喜歡的肥牛時，卻吃出兩種不同的味道。

母（離愁）：你終於知道了。

父（別緒）：我跟妳在這間火鍋店的門口，久別重逢時，已經知道了。

母（離愁）：你忘記了嗎？那是一個很重要的晚上，是我們的兒子打算為他的女朋友舉行打邊爐生日派對。

父（別緒）：是我們的兒子打算為我的女兒舉行打邊爐生日派對。

母（離愁）：是我們的兒子打算為你女兒舉行打邊爐驚喜日派對，趁機會向她求婚。

父（別緒）：我們的兒子希望我們一起為我的女兒準備人生中最大的驚喜。

母（離愁）：那個晚上，我的確遇上人生中最大的驚喜，卻是驚大於喜。

父（別緒）：妳終於承認了。

母（離愁）：我承認了什麼？

父（別緒）：妳承認了是妳喜歡吃肥牛。

母（離愁）：我什麼時候承認了我喜歡吃肥牛？

父（別緒）：如果妳不喜歡吃肥牛，怎會答應搞打邊爐生日派對？

母（離愁）：我不喜歡吃肥牛，就不可以答應搞打邊爐生日派對嗎？

父（別緒）：打邊爐一定要食肥牛，特別是打邊爐驚喜生日派對。

母（離愁）：你總是這樣不可理喻……

父（別緒）：我什麼時候不可理喻？

母（離愁）：誰說打邊爐一定要食肥牛？

父（別緒）：我說的。

母（離愁）：你跟我前夫一樣的不可理喻……

父（別緒）：我跟妳前夫一樣的知道妳喜歡吃肥牛，所以每次約會都是一起打邊爐。

母（離愁）：你跟我前夫一樣的討厭……

父（別緒）：我跟妳前夫一樣的因為愛妳而被你討厭！

母（離愁）：你跟我前夫一樣，根本不愛我……

父（別緒）：我跟妳前夫一樣的愛妳，但妳愛肥牛比愛我更多！

母（離愁）：親愛的，為什麼你會覺得我愛肥牛比愛你更多？
父（別緒）：記憶中，每次打邊爐，妳看肥牛的時間，比看我的時間更長。
母（離愁）：你吃醋。
父（別緒）：我不吃醋，只吃虧。
母（離愁）：我不愛肥牛，只愛你。
父（別緒）：笑話。
母（離愁）：我根本不愛肥牛。
父（別緒）：天大的笑話！
母（離愁）：我根本不愛打邊爐。
父（別緒）：笑話中的笑話！
母（離愁）：我只愛打邊爐時吃肥牛吃得津津有味的你，而我們的兒子「牛丸」，以及你的女兒「豉油」，都遺傳了你這個唯一的優點……
父（別緒）：這是我有生而來聽過最爆笑的笑話。
母（離愁）：我愛你。
父（別緒）：「我愛你」？

母（離愁）：「這是我有生而來聽過最爆笑的笑話」……

父（別緒）：有多爆笑？

母（離愁）：比醬爆牛丸更爆笑！

父（別緒）：我愛妳。

母（離愁）：呵呵呵。

父（別緒）：我愛妳。

母（離愁）：對不起，我已經不再愛你了。

父（別緒）：即使妳不再愛我，我仍然愛妳，深深的愛著妳。

母（離愁）：夠了！你不要再愛我了，這片肥牛正在哭泣，請你快點寵愛她吧！

父（別緒）：妳記住，是妳叫我移情別戀的。

母（離愁）：遇見你，可能是我一生最大的錯。

父（別緒）：錯過這片肥牛，才是妳一生最大的錯。

母（離愁）：夠了！吃完這片肥牛，我們立即分手。

父（別緒）：分手之後呢？

母（離愁）：當然是各走各路。

父（別緒）：妳真的打算跟我各走各路？
母（離愁）：你有你的生活，我有我的忙碌。
父（別緒）：拜託！我們住在同一區，回家是同一條路。
母（離愁）：我今晚要回醫院，明早要做個驗查，你一個人先回酒店吧！
父（別緒）：不去吃甜品嗎？妳不是很喜歡吃甜品的嗎？
母（離愁）：不吃了！看見你這副討厭的模樣，我不想再吃了！
父（別緒）：妳不是很愛我打邊爐時吃肥牛吃得津津有味的模樣嗎？
母（離愁）：你根本只生活在你的世界！
父（別緒）：因為我的世界只有妳。
母（離愁）：還有肥牛。
父（別緒）：我的世界很大，可以同時容納妳和肥牛。
母（離愁）：「我的世界」？
父（別緒）：「我們的世界」。
母（離愁）：「我們的世界」？
父（別緒）：「我的世界」加「妳的世界」，除二。

母（離愁）：為什麼需要「除二」？

父（別緒）：就像一起吃飯後埋單 AA 制。

母（離愁）：男人請女人吃飯，不是天經地義嗎？

父（別緒）：男人喜歡照顧女人，女人卻不一定喜歡被照顧。

母（離愁）：女人不是喜歡被照顧，而是喜歡被愛。

父（別緒）：愛？愛可以當飯吃嗎？

母（離愁）：愛當然不可以當飯吃，但有時候為了愛可以不吃飯。

父（別緒）：我們每天這麼辛苦，不就是為了和最愛的人一起吃餐安樂茶飯？

母（離愁）：很多東西不可以當飯吃，但是都比生命更重要。

父（別緒）：生命，並不是妳想像中那麼簡單。

母（離愁）：生命，也沒有你想像中那麼複雜。

父（別緒）：愛情，卻比我們想像中複雜得多。

母（離愁）：愛情，其實可以好簡單。

父（別緒）：就像吃這片肥牛那麼簡單？

母（離愁）：我們的孩子告訴我，煮熟這片肥牛，是簡單物理學。

父（別緒）：唉……

母（離愁）：至於兩人之間的愛情，既是生物學，也是心理學。

父（別緒）：唉……

母（離愁）：彼此一見鍾情後，產生出化學作用，就是化學了。

父（別緒）：唉……

母（離愁）：你根本沒用心聽我說話。

父（別緒）：因為我準備用心品嚐這片「最後的肥牛」。

母（離愁）：你眼前這片「最後的肥牛」，已經哭得一塌糊塗，請你快點寵愛她吧！

父（別緒）：這就是緣分！

母（離愁）：是孽緣才真！

父（別緒）：為了結束這段孽緣，這片「最後的肥牛」，由我來煮吧！

母（離愁）：這是頂級的手切肥牛，只需要煮十秒已足夠。

父（別緒）：吃肥牛，最美味是半生半熟的狀態。

母（離愁）：牛肉已變色了。

父（別緒）：每一段關係，最美麗也是半生半熟的狀態。

母（離愁）：牛肉已煮熟了。

父（別緒）：新鮮肥美的牛肉，不需要加任何豉油。

母（離愁）：加了豉油，就會掩蓋了牛肉的原汁原味。

父（別緒）：打邊爐的豉油，就像是一段關係的第三者。

母（離愁）：有些人，就是喜歡當第三者。

父（別緒）：不是我。

母（離愁）：也不是我。

父（別緒）：妳前夫仍在懷疑我是你們的第三者？

母（離愁）：你妻子仍未知道我是你們的第三者？

父（別緒）：「豉油」，我的女兒，我上一世的情人……才是我們的第三者。

母（離愁）：「肥牛」，我前夫跟現任妻子的兒子……竟然成為了你女兒和她的前男友的第三者。

父（別緒）：是我做了一點功夫，拆散了「牛丸」和「豉油」，讓「豉油」以為「肥牛」才是她的真命天子……

母（離愁）：報應！報應不只在我身上，也在我們的兒子身上……

父（別緒）：最大的報應，在我身上…沒有加鹽加醋，這片肥牛，快吃吧！

△父將煮好的肥牛放在母的碗內，母用筷子夾起，邊吃邊流出夾雜著幸福和悲傷的眼淚。

母（離愁）：太美味了！我哭了…

父（別緒）：親愛的，有多美味？…

母（離愁）：比我們…第一次見面時…你為我煮的那片半生熟肥牛…更美味…

父（別緒）：親愛的，我們可以不分手嗎？

母（離愁）：我真的是時間要走了…

父（別緒）：妳相信我有超能力嗎？我可以讓時間停頓…

母（離愁）：夠了…我不想再跟你說話了…

父（別緒）：但我的話仍未說完，十日十夜也說不完…

母（離愁）：一句話…我容許你跟我講多一句話。

父（別緒）：我煮個麵給妳吃好嗎？

母（離愁）：我要戒口…

父（別緒）：我們一起吃甜品好嗎？

母（離愁）：我趕時間⋯⋯

父（別緒）：我點多一碟肥牛好嗎？

母（離愁）：老闆⋯⋯埋單！

父（別緒）：我們最後的一餐，我特別為妳點了苦瓜豬骨湯，卻是充滿遺憾的一餐⋯⋯

母（離愁）：你知道⋯⋯人生最大的遺憾⋯⋯是什麼嗎？⋯⋯

父（別緒）：明明知道妳患上了絕症，我們已時間無多，卻仍然未能走在一起⋯⋯

母（離愁）：咳！咳！咳！咳！

父（別緒）：親愛的，妳還好嗎？

母（離愁）：我無事⋯⋯我只希望⋯⋯你可以滿足⋯⋯我最後的無理要求⋯⋯

父（別緒）：妳不用擔心，我一定會阻止我們的兒子和我的女兒走在一起！

母（離愁）：不！我最後的要求⋯⋯更無理⋯⋯⋯

父（別緒）：親愛的，妳快告訴我吧！

母（離愁）：吃完⋯⋯這片肥牛⋯⋯便分手⋯⋯

△靈堂的音樂從遠處飄近……

【第四幕：幸福快樂的懷舊沙嗲湯】

夫（開心）：吃完這片肥牛便分手？

妻（愉快）：你再講多一次？

夫（開心）：吃完這片肥牛，我們便分手？

妻（愉快）：你清楚明白自己在講什麼嗎？

夫（開心）：我很清楚！也很明白！

妻（愉快）：你肯定？

夫（開心）：我其實也不太肯定……

妻（愉快）：我給你一個機會，你再講多一次！

夫（開心）：吃完這片肥牛，我們便分手！

妻（愉快）：好！很好！非常好！

夫（開心）：快！給我吃掉這片肥牛！

妻（愉快）：你總是這樣蠻不講理！
夫（開心）：我什麼時候蠻不講理？
妻（愉快）：你告訴我，為什麼是這片肥牛？不是那片肥牛？
夫（開心）：我告訴妳，哪一片肥牛，根本不重要！
妻（愉快）：你告訴我，什麼才是重要？
夫（開心）：重要是妳很討厭！
妻（愉快）：因為我很討厭，所以你要分手？
夫（開心）：吃完這片肥牛，我們立即分手！
妻（愉快）：你告訴我！為什麼是肥牛？牛栢葉不可以嗎？
夫（開心）：不可以！
妻（愉快）：牛腱不可以嗎？牛腩不可以嗎？
夫（開心）：不可以！不可以！
妻（愉快）：封門柳、挽手腩、牛頸脊都不可以嗎？
夫（開心）：不可以！不可以！不可以！
妻（愉快）：你告訴我，老老實實的告訴我，為什麼一定要是肥牛？

夫（開心）：因為妳喜歡吃肥牛，妳最喜歡吃肥牛。

妻（愉快）：我最喜歡吃肥牛？喜歡吃肥牛的，是你。

夫（開心）：我怎會喜歡吃肥牛？喜歡吃肥牛的，是妳。

妻（愉快）：你怎會不喜歡吃肥牛？我是因為喜歡你，才開始吃肥牛的。

夫（開心）：妳忘記了嗎？我們第一次見面，就是在這家火鍋店，當晚妳一個人就吃掉了半碟頂級手切肥牛！

妻（愉快）：拜託！另外那半碟色澤紅潤、肌理分明、肉質軟嫩、牛味十足的頂級手切肥牛，是被你吃掉的。

夫（開心）：我是見妳一個人寂寞，所以才陪你吃的。

妻（愉快）：我寂寞？我跟我丈夫一起來這裡打邊爐的，怎會寂寞？

夫（開心）：妳知道什麼是「寂寞」嗎？

妻（愉快）：寂寞，就是自己一個人去打邊爐。

夫（開心）：錯！

妻（愉快）：寂寞，就是你打邊爐時看見一片很肥美的靚牛肉，可惜他卻不屬於你。

夫（開心）：錯！大錯特錯！

妻（愉快）：寂寞，就是跟你最愛的人一起打邊爐，吃你最喜歡的肥牛時，卻吃出兩種不同的味道。

夫（開心）：妳終於知道了。

妻（愉快）：我跟你久別重逢，再次一起打邊爐時已知道了。

夫（開心）：妳忘記了嗎？當晚不是普通的打邊爐，是我的兒子帶了一大班朋友回來，為妳的女兒舉行打邊爐生日派對！

妻（愉快）：是你的兒子帶了一大班朋友回來你開設的火鍋店，為我的女兒舉行打邊爐生日派對！

夫（開心）：是我的小兒子「肥牛」帶了一大班朋友回來我這間火鍋店，為妳的女兒「豉油」舉行打邊爐驚喜生日派對，我的兒子的大學學長「牛丸」趁機會向她求婚。

妻（愉快）：你跟現任妻子的兒子「肥牛」，和他情同兄弟的大學學長「牛丸」，以及一大班好朋友，為我的女兒「豉油」準備人生中最大的驚喜。

夫（開心）：那個晚上，我好開心！因為我也遇上了人生中最大的驚喜！

妻（愉快）：你終於承認了！

夫（開心）：我承認了什麼？

妻（愉快）：你承認了是你喜歡吃肥牛！

夫（開心）：我什麼時候承認了我喜歡吃肥牛？

妻（愉快）：如果你不喜歡吃肥牛，怎會幫你兒子的朋友搞打邊爐生日派對？

夫（開心）：我不喜歡吃肥牛，就不可以幫我兒子的朋友搞打邊爐生日派對嗎？

妻（愉快）：「打邊爐一定要食肥牛，特別是打邊爐驚喜生日派對！」不知道是誰曾經跟我這樣說過的呢？

夫（開心）：妳總是這樣不可理喻！

妻（愉快）：我什麼時候不可理喻？

夫（開心）：誰說打邊爐一定要食肥牛？

妻（愉快）：你說的！

夫（開心）：妳跟我前妻一樣的不可理喻！

妻（愉快）：我跟你前妻一樣的知道你喜歡吃肥牛！所以每次約會都是一起打邊爐！

夫（開心）：妳跟我前妻一樣的討厭！

妻（愉快）：我跟你前妻一樣的因為喜歡你而被你討厭！

夫（開心）：妳跟我前妻一樣，根本不愛我！

妻（愉快）：我跟你前妻一樣的愛你，但你愛肥牛比愛我更多！

夫（開心）：親愛的，為什麼妳會覺得我愛肥牛比愛你更多？

妻（愉快）：每次打邊爐，你看肥牛的時間，比看我的時間更長！

夫（開心）：妳吃醋！

妻（愉快）：我不吃醋，只吃虧！

夫（開心）：我不愛肥牛，只愛妳！

妻（愉快）：笑話！

夫（開心）：我根本不愛肥牛！

妻（愉快）：天大的笑話！

夫（開心）：我根本不愛打邊爐！

妻（愉快）：笑話中的笑話！

夫（開心）：我只愛打邊爐時吃肥牛吃得津津有味的妳！我就是因為妳而開了這間火鍋店！

妻（愉快）：這是我有生而來聽過最爆笑的笑話！

夫（開心）：我愛妳！

妻（愉快）：「我愛你」？

夫（開心）：「這是我有生而來聽過最爆笑的笑話」？

妻（愉快）：有多爆笑？

夫（開心）：比醬爆牛丸更爆笑！

妻（愉快）：我愛你！

夫（開心）：呵呵呵！

妻（愉快）：我愛你！

夫（開心）：對不起，我已經不再愛妳了。

妻（愉快）：即使你不再愛我，我仍然愛你！深深的愛著你！

夫（開心）：夠了！妳不要再愛我了！這片肥牛正在哭泣，請妳快點去愛她吧！

妻（愉快）：你記住，是你叫我移情別戀的！
夫（開心）：遇見妳，可能是我一生最大的錯！
妻（愉快）：錯過這片肥牛，才是你一生最大的錯！
夫（開心）：夠了！吃完這片肥牛！我們立即分手！
妻（愉快）：分手之後呢？
夫（開心）：當然是各走各路！
妻（愉快）：你真的打算跟我各走各路？
夫（開心）：妳有妳的生活！我有我的忙碌！
妻（愉快）：拜託！我們住在同一區！回家是同一條路！
夫（開心）：我先離開！去買點東西！妳一個人回家吧！
妻（愉快）：不去吃甜品嗎？你不是很喜歡吃甜品的嗎？
夫（開心）：不吃了！看見妳這副討厭的模樣，我不想再吃了！
妻（愉快）：你不是很愛我打邊爐時吃肥牛吃得津津有味的模樣嗎？
夫（開心）：妳根本只生活在妳的世界！
妻（愉快）：因為我的世界只有你！

夫（開心）：還有「豉油」！

妻（愉快）：我的世界很大，可以同時容納你、我丈夫和「豉油」！

夫（開心）：「我的世界」？

妻（愉快）：「我們的世界」！

夫（開心）：「我們的世界」？

妻（愉快）：「我的世界」加「你的世界」，除二！

夫（開心）：為什麼需要「除二」？

妻（愉快）：就像一起吃飯後埋單AA制！

夫（開心）：男人請女人吃飯，不是天經地義嗎？

妻（愉快）：男人喜歡照顧女人，女人卻不一定喜歡被照顧！

夫（開心）：女人不是喜歡被照顧，而是喜歡被愛！

妻（愉快）：愛？愛可以當飯吃嗎？

夫（開心）：愛當然不可以當飯吃，但有時候為了愛可以不吃飯！

妻（愉快）：我們每天這麼辛苦，不就是為了和最愛的人一起吃餐安樂茶飯？

夫（開心）：很多東西不可以當飯吃，但是都比生命更重要！

妻（愉快）：生命，並不是你想像中那麼簡單！

夫（開心）：生命，也沒有妳想像中那麼複雜！

妻（愉快）：愛情，卻比我想像中複雜得多！

夫（開心）：愛情，其實可以好簡單！

妻（愉快）：就像吃這片肥牛那麼簡單？

夫（開心）：煮熟這片肥牛，是簡單物理學！

妻（愉快）：真的嗎？

夫（開心）：至於兩人之間的愛情，既是生物學！也是心理學！

妻（愉快）：為什麼？

夫（開心）：彼此一見鍾情後，產生出化學作用！就是化學！

妻（愉快）：你好厲害呀！

夫（開心）：妳根本沒用心聽我說話！

妻（愉快）：因為我準備用心品嚐這片「最後的肥牛」！

夫（開心）：妳這片「最後的肥牛」，已經哭得一塌糊塗，請你快點去疼愛她吧！

妻（愉快）：這就是緣分！

夫（開心）：是孽緣才真！

妻（愉快）：為了結束這段孽緣，這片「最後的肥牛」，由我來煮吧！

夫（開心）：這些頂級的手切肥牛，只需要煮十秒已足夠！

妻（愉快）：吃肥牛，最美味是半生半熟的狀態！

夫（開心）：牛肉已變色了！

妻（愉快）：每一段關係，最美麗也是半生半熟的狀態！

夫（開心）：牛肉已煮熟了！

妻（愉快）：新鮮肥美的牛肉，不需要加任何豉油！

夫（開心）：加了豉油，就會掩蓋了牛肉的原汁原味！

妻（愉快）：打邊爐的豉油，就像是一段關係的第三者！

夫（開心）：有些人，就是喜歡當第三者！

妻（愉快）：不是我！

夫（開心）：也不是我！

妻（愉快）：我一直擔心我是你們的第三者！

夫（開心）：結果，仍為我和我前妻的第三者，另有其人！

妻（愉快）：因為「豉油」，我終於長大了，明白「愛」和「喜歡」的分別！

夫（開心）：因為「肥牛」，以及我現任的妻子，我也終於懂得怎樣去「愛」！

妻（愉快）：你的大兒子呢？你們仍有聯絡嗎？

夫（開心）：上次見他見面，他只有幾歲。我已經忘記了他是什麼模樣，可能他曾經來過這家火鍋店，甚至我曾經招呼他，我也認不出他是我的兒子……

妻（愉快）：沒有加鹽加醋，這片吸收了你最愛沙嗲湯精華的肥牛，快吃吧！

△妻將煮好的肥牛放在夫的碗內，夫用食指和姆指沾起肥牛，放在嘴裡細味，然後興奮地誇張大叫。

夫（開心）：我的天啊！實在太美味了！

妻（愉快）：親愛的，有多美味？

夫（開心）：比我們第一次見面時妳為我煮的那片七成熟肥牛更美味！

妻（愉快）：你……有你前妻的消息？

夫（開心）：聽說……她患了絕症，現時在內地休養……

妻（愉快）：人生無常，我一定要及時行樂！

夫（開心）：你丈夫呢？他仍然在內地工作？

妻（愉快）：我有時候懷疑他在內地是否有另一個女人！

夫（開心）：親愛的！我們可以不分手嗎？

妻（愉快）：你真的是時間關門了！

夫（開心）：妳相信我有超能力嗎？我可以讓時間停頓……

妻（愉快）：夠了！我不想再跟你說話了！

夫（開心）：但我的話仍未說完，十日十夜也說不完！

妻（愉快）：一句話！我容許你跟我講多一句話！

夫（開心）：我煮個麵給妳吃好嗎？

妻（愉快）：我要減肥！

夫（開心）：我們一起吃甜品好嗎？

妻（愉快）：我趕時間！

夫（開心）：我送多一碟肥牛給妳好嗎？

妻（愉快）：老闆埋單！

夫（開心）：妳說得對，既然我們將會是一家人，我們必須為下一代的幸福著想。

妻（愉快）：我們不可以再藕斷絲連，我不想樂極生悲！

夫（開心）：人與人之間的緣分，果然是非常微妙！

妻（感恩）：我的女兒，和你的兒子，竟然可以走在一起，彌補了我們當年的遺憾！我覺得非常感恩！

夫（喜悅）：「肥牛」的前女友「辣椒」，竟然是「豉油」的好姊妹，實在太奇妙了！彷彿冥冥中有主宰！

妻（愉快）：你知道嗎？「辣椒」和「豉油」的關係，我一直懷疑，並不是「好姊妹」那麼簡單啊！

夫（意外）：嘩！竟然如此？這個我真的不知道！

妻（感慨）：另外，你知道嗎？「辣椒」早前遇上了意外……

夫（錯愕）：這個我知道啊！當晚我看見她和「豉油」的舊男友在這裡吵架，他們不歡而散後，「辣椒」在回家路上遇上意外……

妻（感恩）：所以，我們必須珍惜眼前人！

夫（喜悅）：所以，我們不可辜負眼前好時光！

妻、夫（興奮）：所以，吃完這片肥牛便分手！

△先響起一記轟然雷聲。

△然後是熱烈的掌聲和歡呼聲。

【謝幕】

熱烈的掌聲和歡呼聲。

身兼編劇和導演、那位總是自稱「內向、憂鬱而文靜的作家」，連同兩位演員，一同謝幕。

「感謝大家！感謝各位台前幕後！我特別要感謝老闆！」

為慶祝那間曾經非常熱鬧的火鍋店在外號「教授」的新老闆接手後繼續營業，在火鍋店重新開始前的一夜，店內演出名為《吃完這片肥牛便分手》的舞台劇。

「我們將這間火鍋店變成『情境劇場』，也是個『實驗劇場』。在同一場景下，故事分為四幕，分別以『甜、酸、苦、辣』為主題，配合『喜、怒、哀、樂』的情緒，探討『人生無常』，嘗試在『永劫回歸』[1]中尋找新的出路，思考在不斷重複的人生中還有什麼可能性？

「每一幕，都有一款呼應主題的打邊爐湯底，分別是『花膠雞湯』、『酸菜魔鬼魚湯』、『苦瓜豬骨湯』、以及『懷舊沙嗲湯』，都是香港人充滿回憶的湯底，也是大家一邊欣賞舞台劇，一邊品嚐的美味湯底。

「每一幕，都有兩個角色，分別是一男一女，兩位演員各飾演四個角色。第一

註1：永劫回歸（德語：Ewige Wiederkunft，也譯為永恆輪轉、永恆重現、永恆循環），是指一種假定宇宙會不斷以完全相同的形式循環的觀念，而且這種循環的次數不可理解，也無法預測。尼采稱之為「虛無主義的最極端形式」。

永劫回歸的觀念始於古埃及時代，也是印度哲學的重要部分，在印度教和佛教中表現為輪迴理論。在古希臘，畢氏學派和斯多葛學派等也接受和發展了類似的觀點。在西方，隨著古典文明的沒落及基督教的崛起，永劫回歸的觀念被基督教神學世界觀所取代，即世界始於耶和華創世，並終於最後審判後歸於時間上無盡的天國。

幕是『男』和『女』、第二幕是『他』和『她』、第三幕是『父』和『母』、第四幕是『夫』和『妻』，他們的關係錯綜複雜，也是這個劇令人入勝的地方！

「這個故事的特點，是四幕的台詞幾乎一模一樣，演員卻需要以不同嘅精神狀態和語氣，說出每一句台詞，呼應每一幕的一男一女的現在和過去的感情關係。

「第一幕的氣氛是『喜』，感覺是『甜』。『男』和『女』一起打邊爐，不斷打情罵俏。

「第二幕的氣氛是『怒』，感覺是『酸』。『他』和『她』一起打邊爐，『他』憤怒、『她』悲慟。

「第三幕的氣氛是『哀』，感覺是『苦』。『父』和『母』一起打邊爐，過程中充滿了離愁和別緒。

「第四幕的氣氛是『樂』，感覺是『辣』。『夫』和『妻』一起打邊爐，『夫』開心、『妻』愉快，所以二人越說越興奮。」

就在此際，火鍋店的新老闆突然來到作家身旁。

「對不起，我到現在，仍然搞不清楚幾個角色的關係！」

「好！非常好！我正準備為大家解釋八個角色的關係！

「第一幕的『男』和『女』是現役戀人，是一對快樂情侶，相識於『女』的舊男友『他』為其舉行的打邊爐驚喜生日派對。『男』跟『她』是舊情人，『他』是『男』的大學學長。花名『肥牛』。

「『女』是『男』是現役戀人，相識於舊男友『他』為其舉行的打邊爐驚喜生日派對。『女』是『妻』和『父』的女兒，跟『她』是好姊妹。乳名『豉油』。

「第二幕的『他』和『她』是現役戀人，卻是一對怨偶，相識於『他』為舊女友『女』舉行的打邊爐驚喜生日派對。『母』的兒子。『男』的大學學長。跟『女』是同父異母的兄妹。花名『牛丸』。

「『她』和『他』是現役戀人。花名『辣椒』。跟『女』是好姊妹，但有可能不只是好姊妹那麼簡單。和舊男友『男』結伴出席『女』舊男友『他』為『女』舉行的打邊爐驚喜生日派對，結果竟然交換了情人。

「第三幕的『父』和『母』其實是舊情人。『父』和『妻』是夫婦。『他』和『女』的親生父親。努力阻止兒子與女兒結婚。

「『母』和『父』是舊情人。『母』和『夫』已離婚。『母』是『他』的母親，跟『父』偷情而生了『他』。患上絕症，自覺是報應，鬱鬱而終。

「『夫』和『妻』竟然也是舊情人。『夫』和『母』已離婚。『夫』是『男』的父親，跟現任妻子所生的兒子。感恩自己的兒子與『妻』的女兒快要結婚。

「『妻』和『夫』是舊情人。『妻』和『夫』是夫婦。『妻』是『女』的母親。感恩自己的女兒『女』，跟『夫』的兒子『男』快要結婚。」

「對不起，聽完你解釋，我更加混亂了！」新老闆苦笑。

「戲劇，並不是你想像中那麼簡單。」男演員一臉嚴肅。

「戲劇，也沒有你想像中那麼複雜。」女演員笑容燦爛。

「離開，是為了回來。」男演員的表情更嚴肅。

「分手，是為了重聚。」女演員的笑容更燦爛。

「人生如戲！我們敬『人生』一杯！」

作家突然豪邁地舉杯，火鍋店內的賓客也一同舉杯。

「戲如人生！我們敬這個城市一杯！」

【吃完這片肥牛便分手／完】

尾聲

「最後一夜」的火鍋店

「歡迎大家來到『最後一夜』的火鍋店！」

由多年來專注研究本土文化的大學教授接手後，火鍋店重新營業。火鍋店雖然改了名字，但教授保留了大部分的舊員工，店內的裝潢也不致上和舊店相同。

「火鍋店能夠重生，非常感謝業主不單只沒有加租，反而大副度減租，我們一起為業主鼓掌！」

業主的妻子「白素貞」[1]，一身素白，舉止優雅，此刻她慢慢站起身，接受教授和火鍋店內其他客人的熱烈掌聲。

至於唯利是圖的業主「豬八戒」[2]為什麼願意減租？據說是他在廁所跌倒後，差一點命喪內地，結果卻奇蹟般的康復了，他終於明白金錢不是最重要……

註1及註2：「豬八戒」和「白素貞」都是《打邊爐》的舊角色。

當他回到香港後，竟然說他在黃泉上，曾遇見他非常喜愛麻辣火鍋的保險經紀白逸，但他的衣著卻像是傳說中的「白無常」！醫生認為這是他的幻覺，或是藥物的後遺症。白逸對此笑而不語，「白素貞」卻相信冥冥中自有主宰……

這個久違了的熱鬧晚上，是火鍋店重生後，試業前的「迎新派對」，教授以「最後一夜」命名，廣邀各界友好出席，可惜部分熟客未能參與——

舊老闆已不在香港；「花膠雞三姊妹」已各散東西；「麻辣俠侶」已踏上了「尋辣之旅」；「四大瑞獸」秘密基地所在的大廈懷疑有確診個案，他們被圍封和強制檢測；「舊四大天王」分別確診而自我隔離；「砵蘭街之花」小龍女和「靈犀一指」陸小鳳都忙於工作；「火鍋狂迷．南宮囧」和妻子「火鍋女神．真鍋薰」正在五星級酒店享受結婚週年紀念 Staycation……

「這段時間，不少親友離開了我們，不少曾經熟悉的臉孔都已變得陌生，我慶幸今晚仍然可以見到大家！」

教授望著火鍋店內由他邀請的每一位嘉賓，他們都以興奮和感恩的心情出席，包括——

年輕記者和他的舊女友結伴出席，作為他們「移民前的最後 100 餐」的其中一餐。

「球場明燈」和「谷底女神」竟然在這裡重遇，交換了聯絡方法後，繼續「化悲憤為食慾」。

代表客戶出席「迎新派對」的「代吃服務員」，協助舞台劇演出後進行直播，繼續「施比受更為有福」。

安妮的爺爺和達利的外祖母，一起在分甘同味，品嚐教授為他們準備的「炸油糍」，一起重溫「轟轟烈烈」的美好回憶。

「香港本土美食擬人化NFT企劃」一炮而紅而夢想成真的大學生，連同熱愛香港美食的漫畫家，以及支持他的伙伴們一起慶功。

總是自稱「內向、憂鬱而文靜的作家」的跨媒體創作人，趁火鍋店重生試業的機會，將這裡變成「情境劇場」，初次演出因為疫情而一拖再拖的實驗舞台劇。

外號「生日會的魔術師」的兩位演員，在舞台劇謝幕後，來到教授為他們安排的座位上，他們現在是普通的食客。瑪莉亞享用美味的花膠雞湯，愛德華暢飲冰凍入魂的啤酒。

「過去我認為：沒有什麼問題是一餐打邊爐解決不了的，有的話，就兩餐！

「但是，在這段時間，我和很多香港人，都經歷了高山低谷，過去很多以為是理所當然的事物和道理，都可以在一夜之間消失，甚至彷彿從來沒有出現過。

「每一夜，都可能是『最後一夜』！每一餐，都可能是『最後一餐』！這是我領悟出的新道理，我正是以這種心態來經營這間火鍋店。

「打邊爐，是否仍然是香港人的生活態度？打邊爐的故事，是否仍然是香港人的故事？我不知道，我真的不知道！多年來專注研究本土文化的我，只知道必須像個『學生』，重新好好學習，重新認識這個世界！當你自以為是，看不起年輕人，以為可以放棄年輕人的時候，你已經注定被新世代淘汰！

「充滿無限可能性的新世代，是屬於敢於冒險、勇於打破常規的年輕人！

「大家請繼續支持我這個『年輕人』！我敬各位『前輩』一杯！」

「乾杯！」

以「最後一夜」為概念的火鍋店，正式營業。

火鍋店不同客人的故事，開始改變這個城市……

番外篇

囧宴

——人類歷史上最幸福快樂的婚宴！？

「他就是阿囧？」Mary 好奇地問 Michael。

「複姓『南宮』，單字一個『囧』。」Michael 認真地回答。

「今日是他的大喜日子！」Mary 內心暗暗為南宮囧鼓掌。

「在這間火鍋店重新開張，他和他的女神，卻一起走入戀愛的墳墓……」Michael 的語氣卻有點平淡。

「你不可以這樣悲觀！你應該說：他終於結束多年來的愛情長跑，和他的『火鍋女神』真鍋薰共諧連理！」Mary 的語氣非常興奮。

這一間滿載「回憶中的香港味道」、老闆立志承傳香港飲食文化的火鍋店，今日被南宮囧包場，佈置成為婚宴場地。人聲鼎沸中，一片歡欣的氣氛，店外則放有一對新人的漫畫肖像，以及寫著「南宮囧♥真鍋薰 大婚之喜」。

Mary 看著有點緊張的南宮囧，由衷地讚嘆一聲。

「這是一個充滿正能量的人生勵志好故事！」

「為了屬於他們的真正幸福，妳知道他犧牲了多少嗎？」

「幸福，並非必然！人類總是互相傷害……」

「他跟家人反目成仇，他被朋友冷嘲熱諷，他甚至失去了工作，成為了網民的笑話！然而，他就是為了打邊爐可以犧牲一切的傳奇男人——南！宮！囧！」

「他是『火鍋狂迷・南宮囧』！」

「對！『火鍋狂迷・南宮囧』！」

「因為他是『火鍋狂迷・南宮囧』，所以他們的婚宴選擇在火鍋店內舉行？」

「正因為他是『火鍋狂迷・南宮囧』，今晚他和『火鍋女神』真鍋薰的這場幸福婚宴，是獨一無二的『囧宴』。」

「今晚這一場『囧宴』，真的非常熱鬧！我們已經很久很久沒有這麼熱鬧了！」

「伴郎是妳的老公，伴娘是我的 Honey，這個夢幻組合，肯定是只有今生，沒有來世！」

Mary 望向戴著一雙貓耳朵，正忙於打點一切的嬌俏女子。

「你的 Honey，Neko，外號『貓夜叉』，在 Cosplay 界顯赫有名，也是今晚的婚禮策劃，果然辦得有聲有色！」

Michael 偷看了 Mary 身旁剛剛乾了一杯啤酒的粗獷男子。

「妳的老公，劉國強，外號『伙頭智多星』，負責今晚『囧宴』的食物安排，相信會令每位賓客回味無窮。」

「再加上其他來自不同界別的友好……」

說罷，Mary 以一雙媚眼掃視火鍋店內的眾多賓客。

「『麻辣俠侶』！唐十三和雷天嬌！」

Michael 率先介紹一對正常人打扮的年輕情侶。

「『花膠雞三姊妹』，阿花、阿膠、阿鳳。」

Mary 接著介紹三位因為「花膠雞湯」而各自找到幸福的三位白領麗人。

「Cosplay 界的『四大瑞獸』！瑞穗！龍騎呢！鳳梨蘇！金錢龜！」

Michael 隨即介紹著名偽娘 Cosplayer「瑞穗」，以及他的三名攝影師其「護花使者」。

「『砵蘭街之花』小龍女，和她的守護神『靈犀一指』陸小鳳。」

Mary 隆重介紹身穿紅色旗袍的性感小龍女，以及女扮男裝的帥氣陸小鳳。

「還有一直暗戀著小龍女，卻不敢告白的『戀愛臥底』王智虎。」

Michael 發現正假裝火鍋店的侍應，躲藏在眾多賓客中的王智虎。

「那個自稱『內向、憂鬱而文靜的作家』，又怎會缺席呢？」

只見這位作家正愉快地為讀者簽名。他捐出了一批小說，給南宮囧義賣，幫補擺酒的開支。施比愛更為有福。

「還有遊戲界的『新世紀福音戰士』！肥宅 Game Designer 庵野秀，和美少女漫畫家兼 Cosplayer，也是你 Honey 的好友——安野夢。」

庵野秀和安野夢雖然坐在一起，卻一直沒有對話，更沒有任何眼神接觸，Mary 看見他們只是透過手機溝通。

「為了今晚的『囧宴』，安野夢精心繪畫的真鍋女神，簡直是艷光四射！」

「由她特別繪畫的阿囧，將『火鍋狂迷』的特質表露無遺！果然是高手！」

Michael 和 Mary 一同回想放在店外的漫畫肖像——

真鍋薰身穿簡單而隆重的婚紗，輕倚在五官像一個「囧」字的南宮囧背後。

「我亦看見早前在這裡主演了餐飲劇場《吃完這片肥牛便分手》的兩位演員，愛德華和瑪莉亞。」

愛德華和瑪莉亞，正在認真討論將劇團轉型為「吃喝玩樂研究所」，打算借鏡庵野秀的打邊爐主題遊戲，設計一系列以「香港味道」為主題的情境劇場遊戲……

熱熱鬧鬧的火鍋店內，還有「城市記錄員」、「代吃服務員」、「彩虹邨美食文化團」的團長及若干團友、以及「茶餐廳的親善大使」等奇人異士，卻不見主婚人……

「臥虎藏龍的一場晚宴，還有好多好多我不認識的朋友，我相信他們除了非常喜愛打邊爐，最重要是都擁有一顆青春的心！」

「但我看不見一對新人的父母和親戚……」

「阿囧的父母，並不支持他這段婚姻……」

「據說他父親為此跟他脫離父子關係……」

「唉…正所謂：『家家有本難唸的經』。」

「對於每一個女人，婚禮都是童話與夢幻的結合！」

「真鍋女神明白阿囧的難處，相信她不會介意的！」

「一場特別的婚禮，可以給你留下一生中最美妙的回憶。」

「我們作為阿囧的知己摯友，必須讓今晚成為他們人生中最美妙的一晚！」

「今晚這場另類的、詭異的、瘋狂的『囧宴』，絕對是『人類歷史上最幸福快樂的婚宴』！」

「我很慶幸能夠成為賓客之一。」

「因為可以打邊爐？」

「因為『囧宴』的餐單經過精心設計。」

「妳要多謝妳老公！」

「你也要感激你 Honey！」

「今晚的食物搭配，真的很有心思！」

「我知道，菜式都是由 Neko 命名，真的很有心思！」

「妳現時看見的一系列奇怪菜名，都是阿囧在最後一刻修改的！」

「竟然如此？我還以為是 Neko，為一對新人向全世界傳達的特別訊息……」

Neko 返回坐位後，Mary 看見她拿起一直放在碗筷旁的可愛花貓毛公仔，在八款精緻素食前菜前擺好姿勢，拍照留念。

「這些素食前菜，都是妳老公的得意傑作！如果不看由 Neko 設計的精美菜牌，妳知道是哪八味？」

Michael 壓低聲線的問 Mary。

「我當然知道！蒜蓉拍青瓜、蜂蜜老南瓜、冰花釀番茄、胡麻醬秋葵、日式牛蒡漬、涼拌蘿蔔絲、金沙炸豆腐，以及我最愛的子薑伴皮蛋。」

Mary 如數家珍的回答。

「為了阿囧，Neko 本來將前菜命名為『囧慶滿堂』，他卻改為『更木劍八的完全卍解』。」

「竟然是《死神》？竟然是草鹿八千流？嗯⋯⋯有趣！也似是有所隱喻啊！」

「多謝大家。」

南宮囧簡單的致詞後，「囧宴」正式開始。

「我們今晚不醉無歸！」

劉國強竟然在坐位上大喝一聲，Mary 被他氣壞了。當她無奈苦笑時，看見侍應收起前菜，為賓客奉上火紅色的鴛鴦湯底。

「湯底本來是『魚雁之歡』，阿囧卻改為『火之神神樂』。」

Neko 將可愛花貓毛公仔擺放在鍋前，拍照留念。劉國強已乾了杯中啤酒。

「《鬼滅之刃》？日之呼吸？我起初以為湯底會是『永浴愛河』。」

「因為這不是一般的湯底，而是混合了魚湯和雞湯，為味蕾帶來不同衝擊！」

「我最喜歡的是有鴛鴦湯底，可以照顧不同賓客的需要，大家都自得其樂！」

「『變態麻辣鍋』和『純愛羅宋湯』，有辣，也有不辣，各適其適。」

「重點都是喜氣洋洋火紅色的湯底，很配合今晚『囧宴』的主題！」

Mary 看見侍應奉上第一道菜，竟然是一般婚宴必備的——乳豬全體。

「第一道菜本來名叫『珠聯璧合』，阿囧更改的名字更有趣！更有隱喻！『千與千尋的父親和母親』。」

Neko 阻止同桌的其他賓客起筷，將可愛花貓毛公仔擺放在不同位置，從不同角度拍攝小花貓和乳豬的合照，滿意後才讓眾人開始進食。劉國強繼續在豪飲啤酒。

「竟然是宮崎駿？竟然是鴻運乳豬全體？我起初以為會是西班牙黑豚肉……」

「用乳豬來打邊爐，是妳的初體驗嗎？」

「你以為我仍是當年那個情竇初開的高中女生？」

「我仍在懷念妳白皙的肌膚、修長的雙腿、豐滿的乳房……」

「喂呀！你給我閉嘴！我老公就在附近……」

Mary 看見侍應奉上第二道菜，開始有別於一般婚宴，竟然是——日式炸物。

「第二道菜本來名叫『心心相印』，阿囧更改的名字，暫時賣個關子。」

「心型的炸豬排和炸蝦？這個搭配，有點微妙。」

同桌的其他賓客，等待 Neko 拍攝滿意後才一同起筷。劉國強繼續在自斟自飲。

「如果我告訴妳，這不是普通的炸豬排，而是炸豬排的邊邊，99% 是肥肉，只有 1% 是瘦肉，被切成心型的炸豬排；這也不是普通的炸蝦，而是因為太硬所以被吃剩的炸蝦尾。妳聽到他們在呼叫嗎？」

「聽到啊！我彷彿聽到『吃我吧！』、『不要把我們剩下了喔！』啊！」

「對！就是『被遺棄的角落小夥伴』！」

「我也彷彿聽到了阿囧和真鍋女神的心聲。」

Mary 看見侍應奉上第三道菜，不禁眼前一亮！

「第三道菜本來名叫『白頭偕老』……」

「嘩！是紅燒原隻三頭鮑魚啊！我有點捨不得用來打邊爐啊！」

Neko 拿起其中一隻鮑魚，跟可愛花貓毛公仔和自己一同合照時，劉國強已不知飲了多少杯啤酒。

「妳先不要太激動！妳知道阿囧改的名字是如何令人哭笑不得嗎？」

「究竟會是哪套日本動漫呢？《龍珠》？『元氣玉』？」

「『教練，我好想打籃球！』」

「竟然是《男兒當入樽》？竟然是三井壽？即刻轉身射個三分波！」

Mary 看見侍應奉上第四道菜——船狀的大盤上，放滿了新鮮的貝類和菇菌。

「第四道菜本來名叫『海誓山盟』，阿囧卻改為『War of Underworld』。」

「《刀劍神域》？第四部【Alicization 篇】後半部份的大激戰？」

Neko 繼續拿著可愛花貓毛公仔和山珍海味拍攝多角度的合照時，劉國強已開始轉飲紅酒。

「這是刀貝、花螺、聖子、青口、貴妃蚌、蝴蝶蜆的貝類拼盤，還有不只是用來伴碟的雜菌野菇。」

「這是屬於阿囧和真鍋女神的愛作戰！我們必須好好為他倆作出應援！」

「第五道菜本來名叫『金玉良緣』，阿囧卻改為『黃金體驗』。」

Mary 看見侍應奉上第五道菜，立即被炸響鈴吸引了注意力，沒理會 Neko 和劉國強，亦疏忽了更精彩的食物……

「《Jo Jo 大冒險》和炸響鈴，我都很喜歡啊！」

「重點是跟這個黃金蟹粉醬一起食！」

「喂呀！竟然還有人形燒？真的很可愛啊！」

「第六道菜本來名叫『情深似海』，阿囧卻改為『天翔龍閃』。」

「《浪客劍心》？飛天御劍流的奧義？廚師用劍心的逆刃刀來劏魚？」

Mary 看見侍應奉上第六道菜，終於輪到魚了，卻是一尾被斬件後還原的龍躉。

Neko 繼續拿著可愛花貓毛公仔和龍躉拍攝多角度的合照時，劉國強已走到另一檯，跟其他賓客飲威士忌。

「超過一米長的龍躉，巧手薄切的魚片，以 Shabu Shabu 的食法，人間極品！」

「還有魚嘴、魚骹、魚尾巴、魚腩、魚卜、魚頭雲，一魚多食，魚樂無窮！但對我來說，魚片已足夠了！」

「第七道菜本來名叫『比翼雙飛』，阿囧卻改為『真・鳳凰幻魔拳』。」

Mary 看見侍應奉上第七道菜，終於輪到雞了，卻不是當紅炸子雞，而是……

「《聖鬥士聖矢》終於出場了！用原隻花雕醉雞來打邊爐，足以摧毀對手的精神意志，不愧為一輝的絕招！」

Neko 將可愛花貓毛公仔側臥在桌上，像飲醉了和醉雞拍攝有趣合照。劉國強在在另一檯開始大聲喧嘩。

「我記得妳最喜歡吃雞翼！來吧！『鳳翼天翔』！」

「不了！年紀大了，我現在只喜歡沒有骨的雞胸。」

「第八道菜本來名叫『美滿姻緣』，阿囧卻改為『陳浩南和細細粒』。」

Mary 看見侍應奉上第八道菜，終於來到主食了，而且有兩款……

Neko 將可愛花貓毛公仔放在湯麵和泡飯之間合照。

「竟然不是日本動漫？但即使是港漫，為什麼會是《古惑仔》？」

「今晚『囧宴』的碳水化合物，分別是以『幸福的花膠雞湯』所煮的伊麵和泡飯。」

「如果要選我最愛的港漫，肯定是《九龍城寨》！」

「對！我記得陳浩南曾經亂入九龍城寨！」

「不！我喜歡的是 BL 同人版！衷心祝福十二少和吉祥這對 CP 擁有一段『美滿姻緣』！」

「第九道菜本來名叫『良辰美景』，阿囧卻改為『ありがとうの時間』，他堅持要用日文。」

「《暗殺教室》漫畫單行本最後一卷的副題？」

Mary 看見侍應奉上第九道菜，竟然是可以用來打邊爐的特色糕點……

「一白一黃，一圓一方。雙色倫教糕，另類打邊爐。」

Neko 將可愛花貓毛公仔放在倫教糕旁邊合照。

「圓型的黃糖倫教糕，真的有點像殺老師，阿囧打算借此來感謝我們？」

「合時水果本來名叫『百年好合』，阿囧卻改為『惡魔果實』。」

Mary 看見侍應奉上合時水果，竟然是——榴槤！

Neko 將可愛花貓毛公仔放在巨大的榴槤旁邊合照。其他賓客扶著已喝醉的劉國強回來。

「吃了這個『惡魔果實』，我們會得到《海賊王》裡哪個角色的能力？」

「我真的不知道！我也是第一次婚宴食榴槤！」

「嘩！很黃，很暴力，果然是水果之皇啊！」

「最後，作為壓軸高潮的甜品，本來名叫『花好月圓』，阿囧卻改為『靈丸 X 炎殺黑龍波』。」

Mary 看見侍應奉上甜品，竟然是——炸湯圓！

「我最愛的《幽游白書》！幽助和飛影的絕招！」

Neko 將可愛花貓毛公仔放在大紅大紫的炸湯圓旁邊合照。

「花生炸湯圓，外皮有花生碎，餡料分別是紅豆和黑芝麻！」

「需要我給你餵食嗎？」

「妳不怕妳老公在附近？」

「他已經喝醉了！完全忘記我了！」

「他每次帶妳出來，只是為了向好友炫耀。」

「其實，結婚擺酒，搞一場大龍鳳，也是為了向親友炫耀吧！」

「炫耀一對新人有多幸福？」

「幸福？婚姻不是戀愛的墳墓嗎？」

Michael 看著南宮囧幸福地凝望著真鍋薰……

「所以，婚禮既是紅事，又是白事。」

「婚宴，根本就是解慰酒，又或者是纓紅宴。」

「妳老公對妳仍然是忽冷忽熱？」

「他只當我是一件廉價的發洩工具！發洩完就將我囚禁在家中……」

「妳怎會算是『廉價』？我就真的只是 Neko 手上一件卑賤的玩具了！」

「其實，被忘記了的，並不只是我一個。」

「還有我。」

「還有本應是今晚的主角。」

「對！美食當前，連我們都差一點忘記了阿囧！」

Mary 看著火鍋湯底所反映的真鍋薰……

「在一片熱鬧的氣氛中，大家各自各精彩，完全忘記了今晚為什麼聚集一起？」

「我相信阿囧不會介意的！」

「因為有真鍋女神陪伴著他？」

「重點是他可以跟真正的親友打邊爐！」

「南宮囧對打邊爐的愛，絕對是毋庸置疑的。」

「所以，他遇上了畢生至愛的『火鍋女神』！」

「只可惜，天下無不散之筵席，這場婚宴已接近尾聲。」

「但屬於阿囧和真鍋女神的『囧宴』，將會直到永永遠遠！」

「因為阿囧是人類歷史上，第一個跟『火鍋』結婚的男人？」

南宮囧身旁的新娘席竟然懸空，只放了一個真鍋薰的漫畫肖像人形紙牌，紙牌上秀麗臉龐，倒影在火鍋裡的紅湯上……

「阿囧今日的一小步，絕對是人類明日的一大步！」

「這一場『幸福聯婚』，是一場將『香港味道』昇華的戀愛革命！」

「說不定，他只是網路上一瞬即逝的笑話。說不定，有人為了紀念他，將今日定為『世界打邊爐日』。說不定，他將會被關進精神病院。說不定，今晚這場人類歷史上最偉大的戀愛革命，很快就會被大家忘記得一乾二淨。」

「自由，不是與生俱來的嗎？堅持自己的信念，做自己認為是對的事情，即使不傷害別人，為什麼需要付出這麼沉重的代價？」

「幸福，並非必然！『囧宴』，曇花一現！人類總是互相傷害，不像我們的純潔真愛……」

「Mary，時間到了！Neko 要和我去送客了！」

在 Neko 眼中，Michael 其實並非人類，只是她拍攝美食相片時，擺放在食物旁邊的可愛花貓毛公仔！

「我老公醉醒後，就會將我打包帶回家了！」

在劉國強的一雙醉眼中，Mary 絕對是惹火尤物！但在旁人眼內，她也不是人類，只是被擺放在劉國強身旁的座位上，一隻充滿誘惑的，等身高的人形吸氣娃娃！

「不知何年何月何日，我們可以再…重…聚…？…」

Neko 拿起 Michael，在手上轉了一個圈，然後優雅地離開座位，細步盈盈的行向火鍋店的大門。

「Michael，Love is Miracle！Love Is Unpredictable！」

Mary 無奈地獨自呆坐，目送著 Michael 被 Neko 強行帶走。

突然，醉得不省人事的劉國強突然壓在她的身上，更粗暴地伸出祿山之爪，抓向她的豐滿左乳……

燈光再次聚焦在南宮囧身上，只見一臉幸福的他，深情地凝望著火紅色的湯底，鍋中泛著真鍋薰的雪白倩影，身穿婚紗的她正對著南宮囧溫柔微笑……

【囧宴——人類歷史上最幸福快樂的婚宴！？】／完

【全文完】

附錄一　大牌檔 Vs 大排檔

「大牌檔」，又稱「大排檔」，或「茶檔」，是源於港英政府在十九世紀中葉設立的小販發牌制度而出現的一種食肆。

港英政府在 1847 年設立的小販牌照成為大牌檔的緣起。1921 年，港英政府將小販分為固定小販牌照和流動小販牌照兩種牌照，前者稱為「大牌」，後者稱為「小牌」，但當時仍未被稱為「大牌檔」，而是統稱熟食檔。

直至 1950 年代，戰後的香港百廢待興，同時有大批難民從大陸湧入，居民謀生不易，港英政府為了增加就業機會，將大牌和經營熟食檔的牌照二合為一，使街頭熟食攤販成為「大牌檔」，讓市民可以在公眾地方經營小型熟食檔，但為避免街頭出現大量未經批准擺賣熟食的攤檔，港英政府規定持牌的固定熟食檔需要展示牌照。

大牌照的意思是持有大牌照的檔位，的正式名稱是「固定攤位（熟食或小食）小販牌照」，而大牌檔所持的牌照是屬於「固定攤位（熟食或小食）小販牌照」之中可在街上固定位置販售熟食的一種。這類熟食檔當時受到市政局屬下市政總署的管理。

1970 年代起，港英政府以整頓市容為由，對大牌檔的經營逐漸施加限制，部分大牌檔需要遷入熟食中心，更於 1972 年停止發出經營大牌檔所需的牌照，從此香港再沒有持有這類牌照的新大牌檔開業。

1980 年代，港英政府認為大牌檔的衛生環境欠佳，容易助長蚊蟲老鼠的滋生，繼而引發傳染病，於是進一步收緊政策，逐漸取締大牌檔，舊牌照的持牌人及其配偶逝世後，子女也沒有承繼權。曾經在香港市區隨處可見的大牌檔，隨著政府停止發牌，原有牌照持有人過世和舊區重建等原因而日漸式微。大牌檔可算是香港人的集體回憶，也是部分外國人對香港的印象。

雖然「大牌照」才是正寫，但不少市民都習慣寫成「大排檔」，但這是「排」字也不算是完全錯誤，因為當年的大牌檔佔地廣闊，攤檔放滿了一排排的長桌，非常壯觀的感覺，故此又被為大「排」檔，也有說是跟「大排筵席」的成語有關。

附錄二 茶餐廳 Vs 冰室

茶餐廳不是冰室，分別不在店面和裝潢，而是在於飲食種類。

「冰室」，又名「冰廳」，是二戰之前已經存在於香港的食店，格局比較接近咖啡店，起源於廣州，主要經營冰淇淋、凍奶、冰水，兼營咖啡、奶茶等熱飲和西餅麵包，香港的冰室由於法例限定的「小吃餐館」牌照，只能售賣飲品、三明治、糕餅等，而不能像「餐室」般供應即時製作的粥粉麵飯和小菜，只能售賣冷熱飲品、雪糕冰品，也有些小食。

「茶餐廳」是在 1950 年代中期面世的中價食店。當年經濟不景，很多餐室都生意慘淡，反而平價的冰室大行其道。1955 年的《工商晚報》曾報道，當時香港的冰室因為「供過於求」，故此改名為「茶餐廳」，以示其格調既「高貴」又「經濟」。1946 年開業的中環蘭香閣茶餐廳最早以茶餐廳名義經營，1952 年開業的蘭芳園可能是香港現存最古老的茶餐廳。餐室持有的「普通餐館」牌照，可以售賣任何食品，於是某些餐室老闆索性將店名也改為「茶餐廳」，並強調價格大眾化，嘗試從冰室手中搶回生意。只有「小吃餐館」牌照的冰室，隨著持有「普通餐館」牌照的茶餐廳受歡迎後漸漸式微。

然而，現時香港所見的冰室，實際上跟茶餐廳無異，都是持有「普通餐館」牌照的食店，但面積比一般的茶餐廳更大、更寬敞，讓客人坐得更舒適，並且以懷舊的特色裝潢作為宣傳賣點。

附錄三　茶餐廳術語

「靚仔」

茶餐廳的「靚仔」，代表白飯，據說由於「靚仔」都是青靚白淨，正好用來代表白雪雪的白飯。

「靚女」

茶餐廳的「靚女」，代表白粥，據說由於「靚女」又白又滑，正好用來代表綿綿幼滑的白粥。

「肥妹」

茶餐廳中的「肥妹」，代表熱量高的朱古力，據說由於朱古力的熱量高，過量飲用隨時變得肥胖，所以朱古力被稱為「肥妹」。至於為什麼不叫「肥仔」？據說是因為朱古力像女孩子一般的甜美。

「汪阿姐」

茶餐廳的「汪阿姐」，當然不是著名藝人汪明荃，而是熱咖啡。此術語的來源，正是來自汪阿姐的名曲《熱咖啡》。

「夏蕙姨」

茶餐廳除了「汪阿姐」，還有「夏蕙姨」！此術語代表的是西多士。

西多士的傳統食法，就是淋上糖漿／糖膠，簡稱為「淋膠」，而夏蕙姨曾與粵劇演員林蛟拍拖，所以「夏蕙姨」就成為了西多士的代名詞。

「敗家仔」

茶餐廳的「敗家仔」，正是阿華田！

「敗家仔」指的多數是令家庭破落的不孝子，而古時最典型的敗家仔就是將家中的田地賣掉的人，茶餐廳把「阿華田」賣給客人，也算是賣田的一種，所以當客人點阿華田時，茶餐廳就變成了「敗家仔」。

「打爛」

除了外表或名稱，部分茶餐廳術語來自菜式的烹調過程，例如「打爛」，代表炒飯。

在製作炒飯時，需要加入雞蛋，雞蛋必須先「打爛」，故此「打爛」就成為了炒飯的代名詞。

「走色」

「走色」代表不要在飯或粉麵上加醬油或肉汁，對比白飯或粉麵，醬油或肉汁都有較深的顏色，因而得名。

「走青」

「走青」代表不要在飯或粉麵上加青色調味菜（即葱花、手芫荽），但現時很多茶餐廳都會將調味菜放在匙上，讓客人自行添加。

「茶走」

「茶走」的「走」字，是「走糖」的意思，代表奶茶不加砂糖，卻以煉奶保留甜味，而大部份茶走仍有淡奶。「茶走」的起源，據說是些客人害怕奶茶加入砂糖會惹痰。

「茶走」此稱呼起初只限於奶茶，慢慢地不論咖啡、好立克、阿華田、鴛鴦及美祿等，也發展出啡走、立克走、鴦走等術語。

附錄四　香港茶餐廳經典飲品

「鴛鴦」

將西式咖啡混合港式奶茶，集合咖啡的香濃和奶茶的絲滑，是香港茶餐廳的獨有飲品，代表香港融合了中西文化的精髓。

「兒童鴛鴦」

「鴛鴦」是由港式奶茶及咖啡混和而成，但咖啡不適合兒童飲用，所以出現了另一種稱為「兒童鴛鴦」的飲品。

「兒童鴛鴦」，又名「鬼佬鴛鴦」、「黑白鴛鴦」或「小朋友鴛鴦」，是由阿華田及好立克混合而成，由於成分不含咖啡因，故此適合兒童飲用，也同樣是香港獨有的飲料。

「和尚跳海」

滾水蛋，食用時加白砂糖。

「尼姑出浴」

將鵪鶉蛋打進熱牛奶。

「鹹濕和尚跳海」

將鹹蛋打進滾水。

「老和尚跳海」

將皮蛋打進滾水。

「非洲和尚跳海」

將朱古力蛋打進滾水。

以下是摘錄自李碧華的《和尚跳海、尼姑出浴》：

「和尚跳海」，指滾水蛋，從前港人生活環境較貧窮，所以一杯滾水加隻雞蛋再加白砂糖，攪勻便成價廉味美的營養早餐。蛋黃渾圓如光頭和尚，「跳海」後蛋白在滾水中化開似件袈裟，故名。

打進滾水中的是鹹蛋，為「鹹濕和尚跳海」（雅稱淫僧）；若是皮蛋，「老和尚跳海」（年紀大卻小器的方丈）；朱古力蛋？「非洲和尚跳海」。而鵪鶉蛋打進熱牛奶中，那就是「尼姑出浴」了，小巧晶瑩浸泡牛奶浴，即使出家人，也香艷。

後記

《回憶中的香港味道》是我為了香港而創作的故事，也是屬於你和我的故事。《回憶中的香港味道》，十個不同風格的故事，記錄了過百款香港美食，匯聚了數百萬香港人的集體回憶。

在2021年出版《鬼同你打邊爐》後，本來計劃在2022年的書展推出《打邊爐》系列的科幻故事，暫名《宇宙盡頭的火鍋店》。

然而，在這些年，不只一位編輯友好和出版界前輩都建議我嘗試「打邊爐」以外的故事，加上2022年香港書展的主題是「歷史文化．城市書寫」，故此，在經過認真思考後，即使在2022年的4月下旬已完成了四個《打邊爐》系列的科幻故事，我也決定作出挑戰，在仍未有《回憶中的香港味道》這個書名前，開始籌備火鍋店的「最後一夜」後的不同飲食故事……

【移民前的最後 100 餐】是全書最早完成的一章，卻是跟原本構思相距極大的一章！我是真的在新蒲崗渡過了童年歲月，加上有一段時間將工作室設在新蒲崗，故事中提及的麗宮戲院和不同食店，都是我的重要回憶。這個故事本來較像是《孤獨的美食家》的風格，但在這個故事寫了一半時，我一覺醒來突然想加一個女主角，就變成了現時的模樣。我個人非常滿意，意料之外的滿意。

【美食是我們的最好朋友】起初名為【化悲憤為食慾】，男女主角分別是「住在太子道的愛德華」和「住在公主道的瑪嘉烈」，但因為「瑪嘉烈」已是另一位作家的品牌，曾經打算改為「愛德華與瑪莉亞」、「阿波羅與雅典娜」、「處女座與人馬座」等，但都覺得不太合適，甚至一度打算暫時放低這個故事。

然而，某日偶然重溫故事大綱時，看見女主角「人生低處未算低」的設定，突然從「雅典娜」想到「谷底女神」的外號，而男主角支持的足球隊不斷輸波及失分，亦很符合「球場明燈」的外號，故事立即出現突破性的發展！更突破的是，原本女主角除了失戀，還會遇上失業和至親病逝的不同打擊，但不知是否受到近期發生的事情影響，竟然先後修改為女主角喜愛的歌手墮落，以及她喜愛的作家過身，相信不少香港人都會更有共鳴。

【代吃服務員的幸福一天】本來是屬於《打邊爐》系列的故事，雖然我對於大陸曾經流行的工作「代吃服務員」很好奇，卻一直未有機會放在小說內。就在出現了【移民前的最後 100 餐】的構思後，立即覺得是時間了！故事裡提及的食店，都是我誠意推介的！更重要是當中有不少真人真事，包括代已移民外國的「前夫」換購姜濤貼紙……

【轟轟烈烈的美味情緣】起初名為【爺爺的秘密】，本來不在故事大綱上，卻是某日突然靈光一閃，希望有一個以中學生為主角的故事，嘗試用輕鬆的方法講解悶蛋的飲食資訊，立即聯絡中學母校的友好現任教師容 Sir，在腦震盪後決定了故事大綱。這個完成的版本跟起初的構思沒太大差異，除了安妮擊向達利面上的一拳……

【天下無不散之筵席】是比【移民前的最後 100 餐】更早動筆的故事，本來是一個非常傷感的故事，四個主角在這一餐後就無法再見面，但我在寫作的過程中逐漸感到不對勁，故此暫停了一段時間，其後我嘗試轉換心情，決定來一個大逆轉，將四位主角定在「知天命之年」，其中兩位已有子女，最後更是由「教授」接手已結業的火鍋店，【序章】和【尾聲】為此作出多次修改，整本小說從此變得不再沉重，反而充滿了希望。主角名字取自香港街道名，是借用了【美食是我們的最好朋友】的起初設定，也是在最後一刻才決定。

【香港本土美食擬人化 NFT 企劃】是實驗性的一章，也是嘗試向張系國大師致敬的一章，當日他一句「摘錄自『索倫古城觀光指南』。」令我不斷思考小說的不同表達手法和模式，其中一個想法就是以「論文」來說故事。本來打算寫成《打邊爐》的科幻故事，結果卻讓《回憶中的香港味道》變得更多元化。

【弊傢伙！生日蛋糕唔見咗！】是全書最後完成的一章，但其實早在 2018 年已有構思，因為這是我籌備多年的「沉浸式兒童推理劇場」的其中一個劇本。這次把握機會完成了一個簡約版，希望可以作為試演前的藍本，有興趣合作的朋友，快約我打邊爐吧！

【吃完這片肥牛便分手】的構思比【弊傢伙！生日蛋糕唔見咗！】更早，本來是《打邊爐》系列的故事，舞台劇劇本早在 2020 年疫情期間已完成初稿，這是以劇本改編而成的小說。四款湯底，四對男女，甜酸苦辣，喜怒哀樂，嘗試在「永劫回歸」中尋找新的出路，思考在不斷重複的人生中還有什麼可能性？希望大家都可以找到屬於自己的出路！出路，並不只有一條的！

感謝陳明的精美繪圖！感謝黃奬的優雅題字！我很喜歡這個小說封面！感覺讓書內的故事和角色都得以昇華，變得有血、有肉、有笑、有淚。

感謝讓《回憶中的香港味道》順利出版的每一位朋友，以及每一位讀者，是大家和我一同揭開香港「飲食文學」的新一頁！我們在《回憶中的香港味道2》再見！

※

努力寫作《回憶中的香港味道》時，有兩位對我影響深遠的前輩先後過身，他們分別是戲劇界的古天農，以及小說界和電影界的倪匡。

感謝古農（我們習慣對古天農的稱呼）當日為《打邊爐》撰寫序文！更感謝古農一再鼓勵我將《打邊爐》改編成為舞台劇！我不是古農的學生，也未曾和他共事，卻有幸在他身上獲益良多！懷念和古農一邊品嚐美食、一邊討論香港文化的變遷……

倪匡會長（衛斯理）的小說陪伴幾代香港人成長，也是我在童年時和父親的共同語言，我們兩父子都是倪匡會長的讀者！無論是身為作家或編劇，倪匡會長都是我的啟蒙老師和學習榜樣！故此，當年能夠和他在「香港小說會」共事，是我畢生的榮幸！我們在天家再見！

古農曾經對我說：

「可能不是你選擇了『打邊爐』，而是『打邊爐』選擇了你。」

倪匡會長則有以下名句：

「寧在科幻小說當第一，也不在武俠小說當第二。」

永遠謹記兩位前輩的鼓勵和教誨！是您們給我有動力繼續創作，特別是在「飲食文學」這條看似孤單，但其實充滿無限可能性的創作路上。

謹以《回憶中的香港味道》獻給兩位前輩！

何故

2022年7月，小暑翌日。

增訂後記

感恩！《回憶中的香港味道》卷一增訂版得以面世。

感恩！在「飲食文學」這條看似孤單，但其實充滿無限可能性的創作路上，我遇見越來越多的同路人！

感恩！去年年底，發行已催促我加印卷一，但因為當時正在籌備餐飲劇場《幸福聯婚》，故此考慮增添這場「人類歷史上最幸福快樂的婚宴」的創意源頭，本來屬於《打邊爐》系列的短篇小說【囧宴】，結果卻是一波多折。

《回憶中的香港味道2》出版後，我償還了一個心願，也找到了一個新的方向，就是將這個香港飲食文學系列的故事改編成為不同類型的餐飲劇場。感謝強哥和貞姐包容我的任性，由金碧酒家開始，在有歷史的特色餐廳裡，一邊品嚐美食，一邊觀賞演出，藉此保留和傳承「回憶中的香港味道」，並且衍生出更多不同的可能性，例如在卷三新故事《一千零一個開心的理由》裡出現的「彩虹邨美食文化導賞團」。

2024年1月，慶幸有機會跟歷史悠久的檀島咖啡餅店合作，在極短時間內完成了全新故事的餐飲劇場《茶餐廳的親善大使》，其後火速於3月3日重演；2024年2月，收錄於卷二的《那個下午，我在露台煎西多士》，竟然在台灣演出九場，我為此親身前往台灣，跟觀眾和讀者見面。4月21日和5月9日，先後在金碧酒家舉行餐飲劇場《一千零一個開心的理由》的Part 1和Part 2，前者結合文化導賞，後者提早為金碧酒家慶祝六十週年。這個增訂版為此一再延誤。

然而，最令人意想不到，卻是米芝蓮推介的名店富嘉閣突然於2024年5月19日光榮結業，本來打算於七月書展前在這裡舉行的《幸福聯婚》，為此提早登場！雖然已有完整劇本，演員也多次圍讀，但在正式演出前還有很多準備功夫，慶幸在大家的體諒和支援下，總算圓滿結束，我終於可以一鼓作氣，專心為這個增訂版努力。

有責任告訴大家，【吃完這片肥牛便分手】和【弊傢伙！生日蛋糕唔見咗！】兩個由舞台劇劇本演化而成的故事，都已重新籌備在不同的餐廳裡演出，在修改劇本同時，我也忍不住「微調」了部份小說情節，也是這個增訂版的重點之一。

再次感謝大家支持《回憶中的香港味道》！希望大家喜歡這個增訂版！希望可以為大家帶來更多有關「香港味道」的嶄新體驗！

何故

2024年5月，小滿。

回憶中的香港味道

系　　列：飲食文學
作　　者：何故
出　　版：一品娛樂有限公司
編　　輯：莉莉絲
美術設計：此時此刻製作公司
承　　印：新設計印刷有限公司
香港發行：一代匯集
地　　址：九龍旺角塘尾道 64 號龍駒企業大廈 10 樓 B & D 室
電　　話：(852) 2783-8102
傳　　真：(852) 2396-0050
市場策劃：SONIC BUSINESS STRATERY COMPANY
電　　話：(852) 5702-3624
出版日期：2022 年 7 月 初版
　　　　　2024 年 6 月 增訂版
定　　價：港幣 128 元正 / 新台幣 380 元正
國際書號：978-988-16661-5-4
圖書分類：(1) 流行文學 (2) 飲食文化